KB053466

시
로
부
터

시
로
부
터

최
영
철 산
문
집

산지니

시를 위한 변명

굳이 말하지 않아도 무방한 것이었으나 말하고 싶어
쉴 새 없이 몸이 들썩였던 것.

대수롭지 않은 이야기였으나 무슨 대단한 비의를 품은 듯
천기를 누설하는 착각에 빠지게도 했던 것.

애써 쓰려고 하지 않았으나 내 안의 다른 무엇이
써버리고 말았던 것.

써놓은 것이라도 얼른 감추고 폐기처분해야 했으나
그만 깜빡 잊고 발설해버린 것.

종이를 낭비하고 지면을 어지럽히고 독자의 시간과 감정을
빼앗은 것.

쓸모없는 짓거리였으나 그럴수록 더욱 쓸모있는 것이라
자위하며 의미를 달아준 것.

나 자신이라도 구제해볼 요량으로 시작하였으나
점점 온 세계를 구제하려는 과대망상에 빠졌던 것.

잘해야 허무맹랑한 허무를 덮는 위안거리나 되었을 것.

그 바람에 다른 유용한 것을 다 놓쳐버린 것.

눈앞에 널린 수백의 유용을 자진반납하고 단 하나의
무용을 거머쥔 것.

더 잃을 것도 없는 적빈의 열매.

혼자 공그르다 허공에 훅 날려버려도 좋을,
아무 쓸모없음의 모든 쓸모있음.

차례

1부

시
의
사
부

2부

●

시
의
무
늬

3부

시
인
산
책

1부

시의 사부

시

시는 전체를 통찰하지 않는다. 한 부분을 보기 위해 전체를 포기한 것이며 부분 안에 전체가 있다고 믿고 있다. 그렇다고 그 한 부분이 중심일 필요는 없다. 중심이 중요하지 않아서가 아니라 중심을 파악하는 일은 다른 많은 방식들이 하고 있기 때문에 시의 과업은 아니라고 생각한다. 더 나아가 중심과 핵심만 파악되고 나머지는 무시되는 사태를 우려한다. 중심이나 핵심이 아닌 한 부분을 통해, 이를테면 사소하고 미미한 귀퉁이를 통해 전체를 파악하는 것에도 문제는 있다. 그래도 중심을 잘못 인식할 때 빚어지는 불협화음보다는 그쪽이 훨씬 덜 폭력적이다. 잘못되어도 일을 크게 망치지는 않는다.

시가 가진 안전망이 그것이다. 잘못된다고 해도, 형편없이 추락한다고 해도, 미미한 시간과 미미한 종이 낭비에 그칠 뿐이다. 시는 그 자체로 이미 생태적이다. 전쟁보다, 기나긴 심야토론보다, 물고 뜯는 논쟁보다, 금방 식어버릴 연애보다, 상생과 평화에 더 가깝다. 사랑과 희망에 더 가깝다. 시의 용량은 많은 것을 담을 수 없지만, 오늘 움켜쥔 한 주먹의 흙, 오늘 감지한 한 줄기 바람만으로도 세상의 흥망성쇠를 읽기에 결코 부족함이 없다. 그것은 결여된 시각이지만 충만한 시각이 보지 못한 것, 충만한 시각이 담아내지 못한 것, 충만한 시각이 내다버린 것을 주워 담기에 알맞다. 이 세상 어디에도 모든 것을 담을 수 있는 그릇은 없다. 그것이 가능하다고 믿는 자들이 있어 세계는 이만큼 산산조각 나버린 것이 아닌가. 그래서 나는, 단면만을 보는 시, 게으르게 코끼리 다리만을 만지는 시, 침소봉대하는 허풍과 엄살투성이의 시가 그나마 다행이라고 생각한다.

　시는 과도한 말하기다. 세계의 아주 미세한 일부를 보았음에도 불구하고 마치 세계를 다 본 것처럼 호들갑이다. 이제 세상은 더 이상 보아낼 것이 없으며, 자신이 본 것 이상, 자신이 말한 것 이상은 더 말할 게 없으리라고 호언장담한다. 또 어느 날은 거기에서 백팔십도 전환해 하늘이 무너지고 땅이 꺼지는 절망, 모든 게 절단 나는 파국을 예감하고 몸서리치기도 한다. 붕붕 공중으로 치솟는 조증의 감정과 끝없는 나락으로 떨어지는 울증의 감정이 교차한다. 그런 턱없는 자만과 자학, 달콤한 유혹처럼 치명적인 마약처럼 왔다 가는 그 환상의 순간을 놓치면 끝장이다. 시인은 두 갈래로 나뉠 것이다. 그 환상을 오래 붙잡아둘 수 있는 쪽과 그렇지 못한 쪽. 나는 그 환상을 오래 붙잡아두지 못한다. 낯선 손님처럼 찾아오는 환상을 붙잡아두는 재주를 타고나지 못했다.

시의 과도한 말하기 방식은 환상의 세계에서만 적용되는 것은 아니다. 실재하는 현실 공간을 포착하는 경우에도 똑같이 적용된다. 위기를 감지하는 능력에 빗대어 시인을 '잠수함 속의 토끼'에 비유하기도 하지만 현실의 불편과 불합리, 부정과 부조리에 대해 시인처럼 먼저 감응하는 족속도 없다. 또 눈이 부시게 찬란한 대자연의 파장에 시인처럼 호들갑스럽게 감응하는 족속도 없다. 위기를 감지한 시인의 경고에 대해, 사람과 자연의 아름다움을 포착한 시인의 노래에 대해, 극소수만이 눈과 귀를 기울일 뿐이지만 그렇다고 그것이 가치 없다고 말할 수는 없다. 자신과는 상관없는 타자의 삶에 감동하고 눈물짓고 분개하고 안타까워하는 것, 자신과는 무관한 일임에도 불구하고 모든 게 자신의 탓인 양 고통스러워하는 것, 그런 턱없는 자책과 자학 역시 달콤한 유혹처럼, 치명적인 마약처럼 수시로 나를 찾아온다. 그래서 시인은 또 두 갈래로 나뉠 것이다. 그 힘든 과업을 좀 더 오래 붙잡아둘 수 있는 사람과 그렇지 못한 사람. 나는 그렇게 낯익은 동무처럼 찾아오는 현실의 편린들을 반갑게 낚아챈다.

　대부분의 인간은 자신들이 추구하는 이해득실을 위해 현실 조건들과 조우하지만 시인은 도대체 그럴 필요가 없다. 도대체 그럴 필요가 없어야 시가 된다. 시가 원초적 문학 장르로 이만큼 오랜 기간 크게 변화하지 않고 이어질 수 있었던 것도 도대체, 크게, 유용하지 않았기 때문이다. 현실의 그 무엇과 맞바꿀 교환가치가 없었기 때문이다. 시를 팔아 권력을 얻고 시를 팔아 사랑을 얻을 수 없었기 때문이다. 일부 그런 사례가 있다 하더라도 그것은 시를 판 것이 아니라 자신의 양심과 명망을 판 행위로 간주되어야 할 것이다. 정말이지 시인이 시로써 추수할 것은 아무것도 없어 보인다. 겨우 있다면 그래도 내가 생판 놀지만 않고, 생판 엇나가지만 않고, 무엇인가 꾸역꾸역 하고 있다는 것, 돈 되는 것이 다 망쳐 놓은 세상에서 그래도 돈 안 되는 것을 꾸역꾸역 하고 있다는 안도감 정도일 것이다.

　서정시는 머리를 통한 의식적 작동이 아니라 가슴을 통한 무의식적 파장에 의해 쓰여진다. 느닷없이 터져 나온 웃음이나 자제할 겨를도 없이 솟구친 눈물처럼 불현듯 터져 나온 것들이다. 서정시의 문맥은 기승전결의 절차가 없고 논리적 설득을 위한 일반적인 인과관계가 없다. 불쑥 솟구친 기쁨과 슬픔, 찬탄과 비탄의 감정을 아닌 밤의 홍두깨처럼 제시한다. 시의 독자는 이 돌발적 상황에 주춤거리고 놀라고 동요하면서 시가 일으키는 회오리바람에 압도당한다. 때로 가던 길을 멈추기도 할 것이고 뒤를 돌아보기도 할 것이고 길바닥에 망연자실 주저앉기도 할 것이다.

그것은 독자로서도 예측한 상황이 아니었지만 시의 작자 역시 예측한 상황이 아니었다. 독자에 따라 어떤 이는 그 소리에 귀를 기울이기도 할 것이고 어떤 이는 자신의 길을 가로막은 시를 걷어차 버리기도 할 것이다. 산문과 다른 시의 위의는 그러한 다의적 반응에 있고 어떤 특정한 의미를 무시하고 뛰어넘는 지점에 있다. 그것은 한 갈래로 곧게 뚫린 길을 의심하고 질문하게 하며 그 질문은 혼돈과 상실과 절망으로 이어지기도 한다. 한 편의 아름다운 시는 이 과정에서 발화되고 그 고통스러운 반복을 통해 완성된다.

폴 발레리가 산문을 보행에, 시를 무용에 비유한 바 있지만 시는 일정한 보폭에 쉽게 식상하고 그 정해진 수순을 물리치는 성질이 있다. 일반적인 진행에서 벗어나 좀 다르게 가보고자 하는 이 속성 안에는 가닿고자 하는 목적지가 분명하지 않

거나, 현실에서 충족되지 않는 길을 선택해서 가지게 된 비애
가 깃들어 있다.

시의 진정성
삶의 진정성

　사람의 행복을 가늠하는 잣대는 시대마다 조금씩 달랐다. 한 사나흘 치 먹을 것만 있어도 행복했던 시절이 있었는가 하면, 곳간은 텅 비어 있어도 지조와 절개를 지킬 수 있는 것만으로도 행복했던 시절이 있었다. 가족 친지간의 우애만으로도 가슴이 따뜻했던 시절이 있었는가 하면, 돈 앞에서 그 모든 것을 헌신짝처럼 내던져버리기도 하는 지금과 같은 시절도 있다. 사람의 욕망은 문명의 발달과 함께 자제되고 순화되기는 커녕 걷잡을 수 없을 정도로 팽창하고 있다. 지금 우리는 인류가 일찍이 상상하지 못했던 패륜이 버젓이 행해지고 잔혹한 범죄가 창궐하는 험악한 시대를 살고 있다. 그리고 그 끔찍한 소용돌이는 쉽게 진정될 것 같지 않다.

　인류가 개발하고 유포한 대부분의 시스템이 그것을 부추기고 조장하는 데 사용되었다면 문학과 철학과 예술은 대체로 그것을 억제하고 물리치는 데 사용되었다. 그중에서도 시는 그런 특성을 가장 노골적으로 표방하는 장르이다. 그러면서도 시의 방법은 온화하며 소극적이었다. 그러나 그것은 가장 온화하기 때문에 가장 강력하며 가장 소극적이기 때문에 가장 적극적인 힘을 갖기도 한다.

하지만 지금처럼 시가 무력했던 적이 또 있었을까. 노래도 희망도 절절한 부르짖음도 아닌 무의미한 말의 조합으로 요즈음의 시가 다가올 때가 있다. 그래서 해체된 문자를 조합하는 듯한 자의식에 빠지곤 한다. 마치 우리의 말라비틀어진 일상의 한 굴레처럼, 무슨 의무감이나 습관으로 시를 읽고 있다는 생각이 들기도 한다. 배고프지 않아도 꾸역꾸역 밀어 넣어두는 한 끼 식사처럼, 때가 되면 현란한 불빛을 견디지 못해서 쏟아놓는 한 알의 무정란을 삼키는 기분이랄까.

시인의 입장에서는 그 모든 것을 주변 상황의 변화 탓으로 돌리고 싶지만 세계의 갈등구조는 더 첨예하고 깊어졌을망정 해결되고 해소된 것은 아직 없다. 개인이 감당해야 할 갈등과 상처 역시 더 복잡다단해졌을망정 그 골이 결코 낮아진 것은 아니다. 훨씬 다양하고 풍요로워진 대중문화가 선사한 위무에 우리는 잠깐 환각에 빠져 있는지도 모른다.

그렇든 그렇지 않든, 역시 세계는 아직 온갖 오욕과 불화들이 넘실대는 곳이다. 그런데도 오늘의 시인은 치열하지 않고 독자는 절실하지 않다. 고만고만한 위안과 평화와 슬픔을 나누어 가지며 더 이상의 위안도 더 이상의 평화도 더 이상의 슬픔도 구하지 않는다. 대전환의 시대, 문학의 상상력은 그 앞에서 참패를 당하기 일쑤다. 과학문명은 문학적 상상력을 추월해 질주하고 있다. 추리소설이나 공포소설의 상상력을 앞질러 현실은 훨씬 더 엽기적이고 추악하다. 가상현실과 실제현실의 구분 역시 모호하다. 오늘의 삶이 당면한 혼란들은 그 와중에 빚어진 결과물이다.

그런데도 많은 시인이 배출되고 있고 많은 시가 발표되고 있다. 십 년 전에 비해 그 양이 족히 두세 배는 될 것 같고, 이십 년 전에 비해 또 그 두세 배는 될 것 같다. 문예지나 시집의 시들을 건성으로 읽고 넘기는 일이 잦아졌다. 그렇게라도 읽어내는 것이 예의라고 여겼지만 사실 그것이야말로 예의가 아니었을 것이다. 다른 것도 아니고 시인이 많아서 나쁠 것이 뭐 있겠느냐고 반문할 수도 있을 것이다. 문화적 허영심이나 자기만족이 아니라, 시인 본연의 자의식으로 자신의 자리를 끊임없이 의심해야 할 필생의 과제가 나에게, 그리고 오늘의 시인 모두에게 주어져 있다. 이제 시인 본연의 자의식으로 공급과 소비의 이 불균형을, 과도하게 남발되고 있는 이 감정의 부산물들을 의심해야 할 때가 되었다. 시는 편승과 동조가 아닌 자발적 고립과 역행의 방식이고 그것은 순응으로 누릴 수 있는 기득권을 단호하게 포기할 때 가능해진다.

돌이켜보니 80년대는 너무 열정적이었고 그 이후는 너무 냉소적이었다. 세계와 인간에 대한 믿음이 한꺼번에 급하게 쏟아져 나와 힘들었던 게 80년대라면 그 이후는 그걸 또 한꺼번에 걷어차 버린 시절이어서 힘이 들었다. 우리 문학도 그 책임에서 결코 자유로울 수 없을 것이다. 여러 가지 주변 상황의 변화에 그 책임을 전가하기에는 지금의 침묵과 침체가 너무 깊고 길다. 그 게으름과 직무유기는 문학의 이름으로 견뎌온 많은 시간들 앞에 분명 부끄러워해야 할 일이다.

언제 어느 시대에나 문학을 억압하는 요소는 있었고 대중과 권력과 문학은 그다지 화해롭지 못했다. 오히려 문학은 대체로 '찬밥' 신세였기 때문에 그 본연의 치열성을 유지할 수 있었다. 이제 와서 그것을 못 견뎌 하는 것은 우리 스스로 이미 다른 많은 유혹들에 투항해버렸다는 것을 의미한다. 국내외의 정치적 상황 변화나 대중의 혼을 앗아가 버린 새로운 주류 문화에 책임을 돌리기에는 그 전환기를 대처한 우리의 태도가 너무 소극적이었다. 신명을 잃어버린 시로부터 독자들이 멀어진 것은 어쩌면 당연한 일인지도 모른다. 서둘러 현실을 포기하고 방기하며 제각각 자기 집 안으로 들어가 굳게 문을 닫아버렸다.

하지만 혼자서는 감당할 수 없는 재난이나 억압에 휘말릴 때마다 사람들은 거리로 나온다. 안락한 안방을 버리고 거리로 나와 한 목소리로 부르짖는다. 우리 이웃들에게는 아직도 함께하는 것에 대한 뜨거운 신명의 불씨가 있다. 우리는 한동안 거기에 불을 붙여줄 생각을 하지 않았다. 아마 우리 대부분은 문학의 점화력이 약하다고 생각하고 미리 그 일을 포기하고 있었는지도 모른다. 그렇지만 앞시대에도 문학이 전체에 불을 당긴 경우는 거의 없었다. 단지 문학이 당길 수 있는 만큼만 그 불을 당겼다. 다른 문화 양식들이 빠르고 어마어마한 파급력으로 대중을 잠식하는 현상을 보고 우리는 너무 의기소침해졌는지도 모른다.

그러나 그것들은 또 그만큼 빨리 소멸하는 것이기도 하다. 그에 비해 문학은 느리고 미미하지만 오래, 깊이, 점진적인 변화를 유도할 수 있을 것이다. 문학의 이름으로 주목해야 할 문제들은 여전히 산적해 있고 오히려 그전보다 더 교모하고 다양해졌다. 우리는 다시 느린 걸음으로 변함없는 삶의 진정성을 향해 나아가야 한다.

실패를 요리하는
작란作亂

일상이 드리우는 무늬는 시의 재료가 될 수 있지만 그 자체가 시가 되지는 않는다. 일상에 상처받고 일상에 배신당하고 일상에 걷어차여야 시가 된다. 일상에 걸려 허둥대고 일상에게 보기 좋게 배신당해야 시가 된다. 이를테면 이런 식이다.

구멍이 많은 우리 동네

돈이 문제이겠으나, 누리기에 따라서는 지금만 한 극락도 없다. 스마트폰과 자가용, 신용카드만 있으면 가지 못할 곳이 없고 하지 못할 일이 없어 보인다. 그런데도 나는 아직 그 셋 중 스마트폰만 가졌다. 그것들을 다 가진 아내가 있어 그런지

별 불편함을 못 느끼지만 가끔 나란 인간은 그것들을 사용하기에 부적절한 인간이라는 생각도 든다.

좀 이상한 뉘앙스를 풍기지만 지금 세상은 구멍이 너무 많다. 구멍이 많은 건 내가 상관할 일이 아니지만 이 구멍에는 이걸 넣고 저 구멍에는 저걸 넣어야 한다는 게 나를 힘들게 한다. 그 구멍과 소통할 비밀번호를 부여하고 그걸 잘 기억해 두어야 한다는 것도 무척 성가신 일이다. 그걸 시로 쓴 적이 있다.

현금 인출기에 카드를 밀어넣는데
구멍이 카드를 밀어낸다
자꾸 넣어도 자꾸 밀어낸다
구멍이 자기를 밀어낸다는 걸 알았는지
구멍이 밀어내기도 전에 카드가 먼저 비집고 나온다

몇 번을 그러고 있는데 뒤에 줄 선 아주머니
내 어깨를 툭툭 친다

아차

누가 이 많은 구멍을 만들었을까
현금카드를 넣는다는 게 전화카드를 넣어버렸다

아주머니가 웃고 나는 얼굴이 빨개졌다

—「다른 구멍에 넣다」

결여라는 밑천

요즘도 나는 가끔 마트에 갈 때마다 문구 매장을 한 바퀴 돌아보곤 한다. 어떤 때는 참지 못하고 거기 가지런히 진열된 공책 연필 크레용 같은 걸 사 들고 오며 이렇게 중얼거리기도 한다.

'어린 시절 내가 공부에 취미를 붙이지 못한 건 다 학용품이 형편없었기 때문이야.'

그럴싸한 변명인지 모르겠지만 그렇다고 그 시절의 가난을 진정으로 원망해본 적은 없다. 가난은 내 무능을 변호하는 핑계였을 뿐 나를 몰아세운 적은 아니었다. 차라리 나는 적당히 가난해서 좋았다. 시궁창 냄새와 된장국 냄새와 이웃집에서 넘어오는 욕지거리 같은 게 알맞게 섞여 만들어낸 골목 분위기가 좋았다. 여기를 탈출해야겠다거나 어서 성공해 다른 세상으로 신분상승을 해야겠다는 바람을 가졌던 기억이 크게 없다. 오히려 적당한 분란과 궁핍과 줄다리기와 한숨과 눈물과 악쓰는 분위기들이 좋았다. 나는 그 기척들을 신기한 듯 물끄러미 바라보곤 했다. 그들이 발산하는 생의 에너지는 가히 폭발적이었고 나에게는 애초에 없는 것이었다. 그 아귀다툼을 보고 있으면 은근히 몸이 뜨거워지는 느낌을 받곤 했다.

흑백텔레비전이 드문드문 있던 시절. 동무들이 이웃집 마루 끝에 다소곳이 앉아 한 프로씩 보고 나올 때, 나는 그래 본 경험이 없다. 텔레비전 프로가 아무리 신기하고 재밌다고 해도 그렇게 엉거주춤 앉아 한 시간 남짓을 견디는 건 고문에 가까운 일이었기 때문이다. 그보다는 혼자 골목을 벗어나 차들이 씽씽 내달리는 밤거리를 쏘다니는 게 더 좋았다.

시를 쓸 종이가 없어 헌 신문지 한 귀퉁이에 몇 줄을 끄적거려 그것을 천금인 양 가슴 한편에 감추던 때가 있었다. 시를 쓸 필기구가 없어 부러진 연필을 깎아 침 묻혀가며 눌러쓰던 시절도 있었다. 멀쩡한 팔다리를 떼내어 버릴 수는 있어도 그렇게 얻은 시 몇 줄은 절대 놓치지 않으리라 다짐하기도 했었다.

호주머니에는 잘해야 천 원 지폐 한 장이 고작이었다. 그것으로 낱담배를 사고 가락국수로 허기를 넘기고, 잔술 두어 잔이라도 마신 날은 그나마도 바닥이 나 어깨를 구부리고 두어 시간 집까지 걸어가기도 했다. 그리고 새롭게 뜬 아침 햇살 아래 지난밤의 모든 기대와 몽상을 찢고 불태워야 했다. 허기지고 외로웠으나 높고 뜨거울 수 있었던 동력은 얄궂게도 그렇게 진저리를 쳤던 가난과 외로움이었다.

나의 시는 그런 결여의 상태에서 촉발한다. 유有보다 무無, 득得보다 실失, 부富보다 빈貧, 상승보다 하강에 가깝다. 그러므로 나의 시는 상실과 결여를 씨앗으로 피어난 꽃이다. 떠나버린 기차가 이제 막 진입해 들어오는 기차보다 아름다우며 만개한 꽃보다 떨어져 휘날리는 꽃이 더 아름답다. 승승장구하는 것에 가깝지 않고 기울고 저물며 떨어지는 것에 가깝다. 솟구치고 범람하는 것들을 거부하고 냉소하며 회의하고 의심한다. 내 시의 감탄사와 형용사들은 나를 무수히 스치고 간 결여의 상처를 거름으로 하여 핀 꽃이다. 그런 결여의 감정이 그리움을 낳고 그 그리움은 지속적인 추구를 낳는다.

그다지 가난하고 외롭지 않게 된 지금, 나는 그래서 그다지 높고 뜨겁지도 않게 되었다. 자업자득이긴 하지만 그것이 두렵고 절망스럽다.

불화와의 동거

낡은 생각일지 모르겠으나 아직도 내 시의 사부는 내가 건너온 실패와 불운이다. 행운이나 즐거움 같은 것들이 다가와 문을 두드리면 불안하다. 그 보상으로 그 질량만큼의 불운이나 슬픔 같은 게 곧 엄습할 것 같아서다. 모처럼 찾아온 복락에 잠시 희희낙락하다가도 나는 금방 웃음을 거둔다. 그래서 인지 결혼식에 가도 웃음이 잘 안 나오고 장례식에 가도 울음이 잘 안 나온다. 재미없는 성미지만 그 덕분에 행운이나 불운이 어떻게 와서 언제 돌아가는지를 어렴풋이 볼 수 있다.

이렇게 담담하기만 해서는 어떻게든 자신을 떠벌리고 팔아먹지 않으면 도태되기 쉬운 21세기를 살아갈 수 없다. 얼마 전 굶어 죽은 어느 영화감독처럼 되기 쉽고, 오래전 치매 걸린 노모 옆에서 죽은 지 며칠 만에 발견된 선배 시인처럼 되기 쉽다. 격정을 드러내지 않는 담담함은 경쟁력이 없다. 자기 갈 길도 엄청 바쁜 세상에 주저하고 망설이고 부끄러움이 많은 사람의 손을 잡고 같이 가줄 이는 없다. 살가운 문학세상 언저리에 살지 않았다면 나도 그렇게 굶어 죽었을 것이다.

나의 시는 견디며 흔들리고 견디며 꽃 피고 견디며 울부짖는다. 나의 시는 결실과 풍요를 노래하지 않고 수확과 충만을 노래하지 않으며 높고 청아한 하늘과 맑은 새소리를 노래하지 않는다. 그보다는 곧 다가올 퇴락과 소멸의 지점에 먼저 마음이 가 있다. 모든 결실과 절정은 곧 다가올 파국에 대한 불안과 상실의 전주곡에 지나지 않는다. 그러므로 나의 시는 알지 못할 곳으로 흘러가고 있는, 또는 뻔한 결말을 향해 달려가고 있는 범속한 일상들과의 줄다리기이다.

막연한 희망과 절망을 보다 절실하게 구체화시켜야 한다는 점에서 내가 붙잡고 있는 그 끈은 자신을 옭아매는 힘겨운 오라일 수밖에 없다. 고통스러울지라도 그 오라를 쉽게 놓을 수 없는 것은 누가 명령해서가 아니라 스스로 원해서 그것을 움켜잡았기 때문이다. 그것을 처음 부여잡던 각오 그대로 쉼없는 자기갱신으로 더욱 단단히 더욱 팽팽히 그것을 바투 쥐어야 할 책무가 나에게는 주어져 있다.

망각과 착각의 즐거움

내 시의 가장 큰 동력이 있다면 그것은 천부적인 건망증이다. 세상에 더 이상 새로운 것은 없다고 단언한 사람도 있으나 시인에게는 새로움만이 원천이다. 살아야 할 이유고 써야할 이유다. 똑같이 반복되는 일상이야말로 시인에게는 무덤이다. 사실은 착각에 불과한 것이겠으나, 시의 힘은 새로운 발견이라는 그 착각으로부터 시작한다. 무수히 떠오르고 진 해와 달과 별은 오늘 최초로 내 앞에 등장한 것이고 무수히 피었다진 꽃과 매일 아침 골목에서 마주치는 이웃 역시 오늘 비로소 마주치게 된 것들이다.

사랑에 빠지는 일도 그러하다. 사랑은 본래 잘못 보고 무엇에 홀린 듯 착시와 착각에 빠지는 것이다. 사랑은 지속적이고 일관될 수 없다. 그런 변덕이 사랑이고 시다.

착시와 착각에 오래 길들여졌기 때문인지 나는 다행스럽게도 망각의 귀재다. 나는 몇 번의 만남으로는 사람을 잘 알아보지 못한다. 그게 미안해 밖에 잘 나다니지 않는다. 대처를 기피하고 중요한 사교가 이루어지는 자리를 기피한다. 그러지 않으면 내 앞으로 지나가는 시를 놓칠 확률이 높다. 경황이 없어 그것을 보지 못할 확률이 높고, 다른 소리에 파묻혀 그것을 듣지 못할 확률이 높다.

불쾌한 엿보기

좋은 시는 어떤 관음증적 쾌快를 선물한다. 그런 면에서 시인은 독자의 그런 기대에 부응해 비밀스러운 자기 내면의 무늬들을 조금씩 끄집어내 적절히 가공해내는 요리사다. 그런데 독자의 요구가 갈수록 까다로워지고 있다. 유쾌하고 맛있고 부드럽고 달콤하고 향기로운 요리보다는 다소 불쾌하고 거칠고 고약하고 딱딱하고 쓰디쓸지라도 지금까지 한 번도 맛본 적 없는 별식을 요구한다. 그래서 나 역시 쾌가 아닌 불쾌의 별식을 만들고 싶은 욕망에 더러 사로잡힌다. 몇 개의 밑그림을 그려보다가 곧 포기하기도 한다. 그 일에는 치부를 만천하에 드러낼 수 있는 강력한 에너지가 필요하다. 나에게는 그럴 용맹이 없다. 그것이 문제다.

독자는 잔인하다. 재밌는 걸 자꾸 요구한다. 어제와는 다른, 듣도 보도 못한 것을 쉴 새 없이 요구한다. 그 변덕은 날이 갈수록 무지무지 빠른 속도로 진화하고 있다. 시가 그것을 감당하기에는 역부족인 측면도 있다. 문학도 영화나 드라마처럼 다수가 달라붙어 아이디어를 집결해야 하지 않을까 하는 생각이 들기도 한다. 하지만 시는 시다. 골고다 언덕을 오르는 예수처럼 오로지 혼자 가는 것이다. 그렇게 세상에 단 하나뿐인 것. 하지만 그게 어디 쉬운가. 나는 또 궁색한 재료들을 다 끌어 모아 잡탕밥을 내놓기 일쑤다.

헌 달구지 지나간 발자국 멀리
패인 황톳길 복날
칼날처럼 서늘해지는 속을
또 한 번 다치려고
시장 좌판에 앉아 마시는
칼날 지나간 더운 국물,
한은 쉼없이 담금질하는 것
황톳길 달구지 위에
오래 짓눌려
쫄깃해진 피
세파에 절어 단내가 나는

구부정한 서른여덟,
선지에 베여 더 서늘해진 속이
이제 조금 알겠다는 듯
목이 메이는 복날

—「복날」

실패를 요리하기

나는 서툰 게 많다. 숫자 계산에 서툴고 무엇을 기억하는 데
서툴고 논리 정연하게 말하는 데 서툴고 사람과 사귀는 데 서
툴고 기계 다루는 데 서툴고 길 찾는 데 서툴고 돈 버는 데 서
툴다. 협소하고 빈약한 심성과 재주 때문이다. 그래서 모처럼
찾아온 기회를 놓치는 경우가 허다하다.

이렇게 매사에 익숙해지지 않는 것, 숙련되지 않는 것, 노련
해지지 않는 것, 뻔뻔스러워지지 않는 것이 내 시의 밑천이다.
그렇기 때문에 매사를 늘 새롭게 받아들일 수 있었고 지루한
줄 모르고 시를 썼다.

시인에게 가장 수치스럽고 쓸모없는 것이 독자에게는 가장
재밌고 쓸모있는 것이 될 수 있다. 시인의 실패가 독자에게는
자신의 파국을 위로하고 보상해주는 성취일 수 있다. 나보다

먼저 나보다 더 많이 고통스러워하며 끙끙 앓았던 사람이 있다는 건 큰 위안이다. 그것을 시치미를 떼고, 밑천을 숨기고, 조금씩, 그럴듯하게 가공해 내놓는 것이 시인으로서 내가 할 수 있는 일이다.

다시 말해, 시의 독자는 시인의 치부를 몰래 엿보기를 좋아하는 사람들이고 시인은 그에 부응해 아주 조금씩, 감질나게, 다르게, 그것을 보여줄 고민을 해야 하는 족속들이다. 이게 보여줄 만한 것인지, 지금이 가장 적절한 때인지를 고민한다.

내 시의 쇠락은 그 일을 부끄럽고 귀찮아하거나 그것의 농도가 옅어져 독자를 만족시키지 못할 때 찾아올 것이다. 진퇴양난의 미궁에서 내지르는 단말마로 벼랑에 서 있는 것, 현실의 안온한 조건들을 헌신짝처럼 내던지는 날선 감각과 치열한 잣대를 가지는 것. 이 얼마나 가혹한 주문인가.

나는 그런 주문들이 너무 억척스러워 만사 다 접어두고 긴 강둑길을 터벅터벅 걷다가 왔다. 내 시의 실패는 그렇게 늙어가는 시의 몸 때문이다. 황량한 들판에 남아 의기소침해진 시의 근육 때문이다.

삭둑 잘라 불을 지르고
삭둑 잘라 다리를 놓고

삭둑 잘라 간판을 세우고
삭둑 잘라 이빨을 후빌 때
나무는 가만히 서 있다

그러므로 나는 나무를 믿지 않는다 나무 이외의 뜬구름
뜬구름만큼의 행복도 믿지 않는다 믿을 것이라곤
그래도 나무뿐이다 싫으나 좋으나 제자리걸음의
뜬구름뿐이다 뜬구름처럼 가냘픈
행복뿐이다 그러나 나는 오래 전부터
나무 따위는 그냥 우두커니 서 있을 뿐인
흘러가거나 지겨울 뿐인 행복 따위는
믿지 않기로 했다 그래도 무엇인가 믿기 위해서는
나무라도 몇 그루 서 있었으면 좋겠다 푸른 하늘에
흰 구름 둥실 떠 있는 내일일지라도

그러나 나무들은 가만히 서 있지 않다
이제 나무들도 하품
일렬 종대가 아니면 이열 횡대로
이제 나무들도 바가지
근육통이 아니면 과민성대장으로
아니면 모두가 알다시피 만성빈혈이든가

이쯤에서 해산을 명령하고 싶지만
그렇게 되면 기강이 문제
설마 제까짓 것들이
돌을 던지거나 욕설을 퍼붓거나
성큼성큼 걸어와 내 목을 찍어 누르지는 않겠지
더 이상 큰 코 다치기 전에
그러나 나무들도 온몸이 가렵다.

— 「나무」

외로움이 힘이다

불덩이 같은 걸 품에 지니고 다니기가 갈수록 벅차다. 그것과 맞설 힘이 약해졌다. 제 고행에 대한 보상을 받으려 한다. 그래서 나는 요즘 반성하고 있다. 유혹이 너무 많고 재미난 프로그램이 너무 많다. 이런 호시절에 무슨 시가 되겠는가.

모든 관등성명을 떼고 아무도 알아주지 않는 시골마을로 왔다. 시집을 여러 권 낸 시인이고 상도 몇 개 받은 시인이라는 게 아무 필요가 없는 이 시골마을이 나는 좋다. 나는 그저 도시에서 먹고 살길이 막연해 더 먹고 살길이 막연한 막다른 시골마을로 숨어든 도시무지렁이다. 호미질도 제대로 못하고 겨우 얻어온 모종을 거꾸로 심기도 하는 무지렁이다. 종일 바쁘게 일하는 사람들 사이에서 나는 내 무능을 탓하고 자책한다. 촌에 와 농사도 안 짓고 뭘 먹고 사는지가 걱정되어 오늘도 누가 밭에서 수확한 걸 검은 비닐봉지에 넣어 담 너머로 던져주고 갔다. 나는 걱정만 끼치는 사람이다. 그런데도 나는 지금 당장 일이 날 확률이 아주 미약한 걱정, 마을 사람들에게 아무 도움이 되지 않는 걱정만 한다.

그것이 깊어져 극에 가닿는 날 나는 또 한 편의 시를 쓸 수 있을 것이다. 아무 소용이 없는 시. "이런 걸 쓰면 밥이 나오냐 뭐가 나오냐"고 타박받는 지경이야말로 나를 힘나게 한다. 이것이 운명이라면 다른 하고 싶었던 게 아무것도 없었던 게 운명이었을 것이다. 다른 무엇으로도 내 삶을 변명할 방도가 없었던 게 운명이었을 것이다.

부산화단의 1세대 작가였던 김종식 선생은 제자들이 그림을 어떻게 하면 잘 그릴 수 있느냐는 질문을 하면 투박한 사투리로 늘 이렇게, 단호하게 대답했다고 한다.

"기리라."

쓰는 일 역시 그럴 것이다. 무엇을 어떻게 써야 하는가의 대답은 각자가 가지고 있다. 자신을 탐구하라. 자신이라는 어두운 광맥 속에 무엇이 숨어 있는지를 탐험하라.

조급하고 불안한 나는 게을러지는 나에게 수시로 단호하게 말한다.

"써라. 그리고 또 써라."

우리들의 친절한 사부,
고통

시인은 언어를 빚는 재능을 타고나는 것이 아니라 세계의 변화를 감지하는 예민한 촉수를 가지고 태어난다. 철따라 반복되는 사소한 자연의 움직임도 시인에게는 크나큰 희열이거나 절망일 수 있다. 평범한 이에게는 대수롭지 않은 일일지라도 시인의 촉수에 닿으면 하늘이 무너지고 땅이 꺼지는 아픔이 될 수 있다. 반대로 평범한 이에게 날벼락같이 닥친 파경도 시인에게는 담담하게 맞이하는 일상사일 수 있다. 그래서 시인은 머지않아 세상이 절단 날 것이라고 호들갑을 떠는 사람들에게도 냉철하게 사태의 전후를 따져볼 수 있다. 그것은 이미 예견된 사소한 사건에 불과할 수 있기 때문이다. 남다른 예지력을 가졌고 그래서 먼저 세계의 불화를 알아차리는 시인에게 고통은 일상화된 정서 활동이다. 고통의 일상은 시인을 시인답게 하는 조건이며 시를 시답게 하는 중요한 요소다. 고통스런 상황을 잘 인지하고 그것에 적절히 반응하는 것이 시인에게 부여된 천부적 기질이며 책무인 것이다.

시인의 천형은 바로 이것이다. 그것을 벗어던지려고, 그것으로부터 빠져나오려고 몸부림치지만 정작 그 고통의 바짓가랑이를 부여잡고 놓지 않는 것은 시인 자신이다. 고통과의 공생이 깨지고 나면 자신의 존재는 아무 쓸모가 없어진다는 것을 알기 때문이다. 시인은 고통을 숙주로 찬란한 꽃을 피워내고 고통은 시인을 숙주로 만천하에 자신의 존재 이유를 알리며 영역을 확장한다.

시인과 고통은 절묘하고도 아름다운 동업자다. 쌍방의 매개를 거치지 않고는 의미를 획득할 수도 자신의 가치를 전이할 수도 없다. 그 둘의 아름다운 협업은 강제로 짐 지워진 것이 아니라 서로가 자청한 터라 여간해서는 깨지지 않는다. 그 단단한 결박 앞에서 시인은 고통에 경배하고 고통은 시인에게 어리광을 부린다. 그래서 시인은 고통 속에 있을 때 행복하고 편안하며 고통으로부터 놓여났을 때 오히려 불행하고 불안하다.

고통의 기원은 기독교와 불교에서 서로 상반되게 말해진다. 기독교에서 말하는 인간의 고통은 신의 뜻을 어기고 선악과를 따먹은 데 대한 형벌의 결과이며, 불교에서의 고통은 유한

한 생을 갖고 태어나는 모든 인간의 속성이다. 석가모니가 바라나시에서 자신을 따르는 사람들에게 처음 행한 설법의 주된 내용은 '인생은 고苦'라는 것이었다. 고는 곧 괴로움이며 고통이다. 불교에서는 세상에 태어나고 살아가는 일 자체가 괴로움이며 고통에는 여덟 가지가 있다고 했다. 태어나고 늙고 병들고 죽는 괴로움이 첫 네 가지이며, 사랑하는 사람과 헤어지고 미운 사람과 만나며 아무리 구해도 얻지 못하고 온갖 욕망이 들끓는 괴로움이 그다음 네 가지다. 그리고 그 괴로움의 근원을 번뇌와 집착과 탐욕이라고 보았다.

인생의 고통을 없애는 것이 불교 수행의 중요한 목표이다. 그러기 위해서는 우선 괴로움의 꽃이라고 할 수 있는 갈애渴愛를 벗어던지고, 그 줄기라고 할 만한 집착을 자르고, 그 뿌리라고 할 만한 번뇌를 끊어버려야 한다지만 보통사람에게 그 일은 결코 쉬운 일이 아니다. 본인 스스로 개과천선과 깨달음 없이는 한 발짝도 나아갈 수 없는 불교의 논리는 냉혹하기까지 하다. 한두 번의 생애로는 그것이 가능할 것 같지 않다.

기독교에서 고통은 신이 내리고 신이 거두어 가지만 불교에서의 고통은 어느 누구도 아닌 스스로에 의해 형성되고 소멸된다. 불교가 말하는 깨달음을 방해하는 세 가지가 탐욕貪慾 · 진애瞋恚 · 우치愚癡인데, 그것을 알아차리고 조절하면 선이고 그렇지 않으면 악으로 규정한다. 시인은 불교에서 권장하는 그 '알아차림'에 걸맞은 예민한 촉수와 자의식을 타고난 자들이다. 그러나 궁극적으로 불교의 가르침과 시인의 추구는 상반된다. 불교의 완성이 고통의 소멸인 것처럼 시의 완성이 반드시 고통의 소멸을 의미하지만은 않는다. 시인에게 고통은 해소하고 소멸해야 할 대상이 아니라 더 깊이 그 속으로 걸어 들어가야 하는 창작의 원천이다.

그래서 시인은 고통을 낳고, 끌어안고, 가지고 놀기를 즐긴다. 그것을 키우고 확산하고 재생산한다. 고통이 이제 그만 가버리려고 하면 조금만 더 놀다 가라고 붙들어 앉힌다. 그렇게 불러 세운 고통과 교접하고 한판 신명 나는 춤판을 벌이고 소곤소곤 밀담을 나눈다. 그러다가 진저리를 치며 이제 그만 가버리라고 꼴도 보기 싫다고 밀어내기도 한다. 그렇게 멀어진 고통을 찾아 더듬더듬 다시 밤길을 나서기도 한다.

시인은 미망을 즐기며 미망 속에 있으려고 하는 존재, 번뇌를 즐기며 번뇌 속에 있으려고 하는 존재이다. 세속적 욕망에 취약하고, 그것을 향한 끈질긴 추구가 미흡하다는 점에서 불교적 자성에 이를 소질이 다분할 것 같으나 그렇지 못한 것이 이 때문이다. 세속의 가치는 쉽게 포기하면서도, 모든 사람이 훌훌 털어내지 못해 안달인 고통을 시인은 도리어 더 힘차게 바투 쥐려 한다. 시인의 절필은 이 지긋지긋한 고통의 감옥으로부터 벗어나기 위한 탈옥 행위일 것이다. 더러는 탈옥에 성공해 시인의 굴레를 벗었고 더러는 어두운 밤길을 가듯이 더 듬더듬 그 길을 계속 가고 있다.

사리에 어두워 갈피를 잡지 못하는 미망이 아니고 무엇이랴. 네 눈이 너를 실족하게 하거든 네 눈을 빼버리라고 단호하게 말했던 예수의 가르침에도 어긋나고, 번뇌를 끊어버리라고 한 부처의 가르침에도 어긋난다. 오히려 시인은 그 미궁 속으로 더 깊이 들어가려 한다.

시인이 당면한 고통은 이처럼 고통에 대한 애착에서 비롯된다. 부처는 고통을 벗어날 수 있으려면 바로 보고, 바로 생각하고, 바로 말하고, 바르게 행동하고, 바르게 생활하고, 바르게 노력하고, 바르게 기억하고, 바르게 명상하라는 이른바 팔정도八正道를 가르쳤다. 그러나 불교의 팔정도는 오히려 시인이 경계해야 할 요소들이다. 시인은 좀 다른 위치에서 다르게 보고 다르게 생각하고 다르게 표현해야 할 소임을 부여받았다. '바르게'는 모든 욕망이 제거된 본래의 순수한 마음을 쫓아가는 방편이지만 '다르게'는 정도正道를 거스르고 넘어서야 비로소 보이는 절망의 경지이다. 새로움에 대한 열망, 그것에 먼저 가닿아야 하는 절박함이 낳은 절망이다. 시인의 고통은 그런 애타는 갈구로 만들어졌다. 거기에 고통스러워하는 자신에 대한 자각이 더해지면서 고통은 쉼없이 확대 재생산된다.

고통을 의식하는 자신을 의식해야 하는 고통은 환부를 스스로 도려내는 고통에 견줄 만하다. 시인뿐 아니라 모든 예술가가 가진 형벌이 바로 이것이다. 일찍이 생의 허방을 짚은 자, 그 허무를 작품의 성취로 만회하려는 자, 그리하여 불멸을 꿈꾸어 보는 자. 그 가당찮은 욕망 앞에 모든 고통은 참고 견딜 만한 과정이 되는 것이다. 변화 소멸하는 존재가 변화 소멸하지 않는 영원불멸을 찾아가는 과정에서 거머쥔 불가피한 선택이다. 범속한 삶을 사는 자의 고통이 현재를 지키고 늘리고자 하는 욕망에서 비롯되었다면 시인의 고통은 현재를 허물고 의심하고 새로 구축하고자 하는 욕망의 산물이다.

시인은 모순투성이의 삶을 자각하면서, 거기서 빠져나오려고 몸부림치면서, 모조리 빼앗기고 다시 시작하면서, 차츰 강화되고 두터워지며 다른 곳에서 만나지 못한 새로운 의미를 획득한다. 고통은 험난한 바다의 출렁임과도 같아서 항해를 위협하는 두려운 요소이지만 앞으로 나아가게 하는 쉼없는 동력으로도 작용한다. 시시각각 자신을 덮치는 모순과 이율배반이 없다면 시인은 한 걸음도 나아가지 못할 것이다. 고요한 무사안일과 정체를 뒤집어엎을 수 있도록 시인은 분열과 번뇌를 제 몸속에 받아들이고 벼리며 그 칼날이 가장 예민해졌을 때 침묵을 깨고 앞으로 나아간다. 정지된 것, 고요한 늪의 평화는 심심하고 밋밋하고 무료해서 썩을 수밖에 없다.

시인은 고통받는 모든 영혼이 구제될 때까지 부처가 되지 않기로 작정한 지장보살처럼 천국이 아닌 지옥에 머물기를 자청해야 한다. 모순의 나날을 받아들이고, 속박으로부터 빠져나오려고 몸부림치고, 밋밋하고 무료한 일상을 걷어차야 한다. 구원은 천국이 아닌 지옥에서 이루어지는 것, 시인이 있을 자리 역시 초탈이 이루어지기 전의 질척한 진창이어야 한다.

예를 들면, 백 년 동안 장롱 아래 깔려 있듯이, 깔린 채 팔만 개의 막대 사탕을 빨듯이,

예를 들면, 흡혈귀 이상으로 흡혈귀가 되어가듯이, 하루도 남의 피를 빨지 않고는 살 수 없듯이,

예를 들면, 장님이 되어가는 사람의 하나 남은 눈동자를 후벼 먹듯이, 하나뿐인 출구가 매독 걸린 입이듯이,

예를 들면, 그것의 피를 묻히지 않으려고 이것의 피를 묻히듯이, 뭔가를 안 하려고 뭔가를 하듯이,

예를 들면, 주방 기구와 섹스하듯이, 너무나 모멸적인 섹스 파트너, 그것이 너를 삼키듯이 토해내듯이,

예를 들면, 어제가 기억나지 않듯이, 어제 뭐 했지? 어제 뭐 했더라……? 1분도 기억나지 않듯이.

*장님이 되어가는 사람의 하나 남은 눈동자:
마야코프스키의 「나 자신에 관하여」 중에서.

— 김언희 「예를 들면」

고통에서 빠져나갈 수 있는 빈틈을 조금도 허락지 않으려는 듯 이 시가 짜놓은 고통의 날줄과 씨줄은 촘촘하다. 한 번 펼친 고통의 날줄만으로는 안심이 되지 않는지 그 위에 보다 더 강력하고 질긴 씨줄을 걸어놓았다. 백 년 동안 장롱 아래에 깔려 있는 것만으로는 충분치 않아 깔린 채로 팔만 개의 막대 사탕을 빨아야 하고, 하루도 남의 피를 빨지 않고는 살 수 없는 흡혈귀를 넘어서는 흡혈귀가 되어야 하며, 하나 남은 눈동자는 머는 중이고, 유일한 출구인 입은 매독에 걸린 상태다. 소통과 교접은 불가능해졌고 기억은 흐릿해졌다. 책임질 일도 그것을 반추할 필요도 없는 고통의 무한 행진은 그것으로부터 벗어날 일말의 희망마저 차단한다.

고통의 경험은 불청객처럼 느닷없이 찾아온다. 대부분 그것을 피하거나 그것으로부터 어서 빠져나오려고 몸부림치지만, 시인은 그것을 아주 귀하게 오신 손님처럼 붙들고 더 강한 고통을 내놓으라고 주문한다. 고통을 언젠가 소멸될 한시적인 불행으로 인식하는 것이 아니라 그것을 불씨로 세상 모든 불행의 불씨를 불러들이고자 한다. 그것은 아마 희망을, 고통을 힘겹게 밀어낸 자리에 피는 꽃이 아니라 고통이 완전히 소진된 자리에 피는 꽃으로 파악하고 있기 때문일 것이다. 고통의 불씨를 일시적으로 잠재우는 것은 고통의 해소에 큰 도움이 되지 않는다. 진정한 희망은 고통을 물리친 지점이 아니라 고통과 동거한 자리에 있다. 희망은 지금과 전혀 다른 꿈이어야 하고, 전혀 다른 꿈을 꿀 수 있으려면 일단 고통의 막다른 지점까지 가보아야 한다. 그 막막한 지점으로 자청해 걸어 들어가고 있는 시인의 뒷모습이 흡혈귀 같다. 고통이라는 영양소를 공급받으러 가는 흡혈귀.

몸살로 여러 날 아프다 아프니까 내가 살아 있다 아프지 않을 땐 내가 어디 있는지 몰랐다 아프지 않을 땐 내가 죽은 것이나 다름없었다 맥박은 뛰는지 숨은 쉬는지 몰랐다 아프니까 할딱거리는 내가 들렸다 할딱거리는 내가 만져졌다 약을 타려고 줄선 구부정한 뒤통수가 보였다 살려고 죽을 퍼담고 있는 쪼그라든 부대자루가 흔들렸다 아프니까 며칠 전 들은 아프리카 생각이 간절했다 할례를 한 엄마 품을 통과하느라 작게 작게 만들어진 아이들이 어두운 교실 바닥에 따개

비처럼 붙어 책을 읽고 있다 폭삭 늙어버린 아버지들이 밀림으로 가고 있다 아프니까 아프리카를 떠나지 못하고 있는 처녀들이 더 새까매졌다 아프니까 아프리카가 된 것인지 아프리카니까 아픈 것인지 아프리카가 아프니까 나도 아픈 것인지 내가 아프라고 아프리카가 한 발 먼저 아팠던 것인지 모르겠다 아프니까 아무도 말해주지 않는다 아프리카가 아프다는 이야기는 더더욱 해주지 않는다 나도 이제 아프니까 어느 날 그만 아프리카로 가 봐야 하지 않을까 아프리카처럼 새까맣게 누워 있어야 하지 않을까 눈만 번득이다가 그것도 안 되면 이빨만 희게 빛내다가 아프리카를 지고 좀 더 큰 병원으로 가 봐야 하지 않을까

—「아프리카」

고통을 대하는 자세

시는 고통을 관리하는 양식이다. 느닷없이 찾아온, 또한 오 랫동안 동행한 고통의 등을 토닥이며 새로운 길 하나를 찾아 가는 일이다. 고통을 추궁하고, 고통에 힘을 실어주고, 고통을 발가벗기고, 고통에 그럴듯한 옷 한 벌을 입혀주는 일이다. 시 인은 조금 아팠으나 그것을 포장하고 확대하면서 더욱 아프 게 된다. 하찮게 여기던 일, 당연하게 여기던 일이 심각하고 슬 픈 일이 된다. 그것의 파동을 어루만지고 그것에 이름을 달아 주는 것이 시인의 과업이다.

모든 존재는 아프고 불편한 지경에 이르러서야 존재가치를 드러낸다. 가전제품을 비롯한 여러 집기들, 집과 자동차, 돈과 명예, 사랑과 우정, 자기 자신까지도 그것의 존재를 보다 분명 하게 자각하게 되는 것은 그것이 고장나거나 상실되었을 때다. 나의 살아 있음 역시 신열과 할딱거리는 가쁜 숨을 통해 비로소 확인된다. 찬찬히 몸의 이곳저곳을 살피게 되는 것도 몸이 아플 때다. 거기서 한 걸음 더 나아가 내 몸이 아플 때 지구 저쪽 편의 또 다른 아픔을 생각하게 된다. 그것은 느닷없이 찾아온 고통의 공덕이다. 고통이 놓아준 징검다리를 건너 먼 나라의 아픈 이웃들을 만났으니 고통이야말로 나와 이웃의 가교이다. 시인은 그렇게 한 걸음 두 걸음 타자를 향해 걸으며 세상을 끌어안는다.

사랑을 잃고 나는 쓰네

잘 있거라, 짧았던 밤들아
창밖을 떠돌던 겨울 안개들아
아무것도 모르던 촛불들아, 잘 있거라
공포를 기다리던 흰 종이들아
망설임을 대신하던 눈물들아
잘 있거라, 더 이상 내 것이 아닌 열망들아

장님처럼 나 이제 더듬거리며 문을 잠그네
가엾은 내 사랑 빈집에 갇혔네

— 기형도 「빈집」

몇 잔 술이 오가면 구성지게 노래를 잘 불렀던 시인이 생각
난다. 80년대 말 인사동 밤거리에서 몇 번 어울렸던 그는 예의
가 발랐다. 앞길 창창한 일간지 기자로, 곧 나올 첫 시집에 대
한 기대로 한껏 부풀어 있던 그가 후미진 삼류영화관에서 싸
늘한 시신으로 발견될 개연성은 거의 없어 보였다. 그날 밤 빈
소가 마련된 적십자병원 영안실 마당에서는 충격을 가누지
못한 동료 시인들의 집단 난투극이 벌어졌다. 그렇게 누군가
를 닥치는 대로 쥐어박지 않고서는 도저히 그 순간을 넘길 수
없었을 것이다. 우리는 서로의 외면만을 보았을 뿐 내면에 도
사린 깊은 상처는 도통 보지 못했다. 피차일반이었다.

그날 빈소에 모인 시인들은 누구에게도 꺼내 보이거나 하
소연할 수 없는 고통을 한 아름씩 가슴에 안고 있었고, 동시
다발로 그것이 분출되자 난투극을 벌였다. 끝없는, 원인 모
를, 누군가에게 꺼내 보일 수도 없는 고통의 천형이 서럽고
미웠을 것이다. 시의 열망이 뜨거워질수록 그 고통은 가중되
고 빈집에 갇힌 듯한 불안과 소외는 끊임없이 시인을 괴롭혔
으리라. 그런 상실과 결여의 고통과 싸워야 할 두려움이 시인
을 짓눌렀을 것이다.

인류가 당면한 정치 경제 문화적 상황, 지구 환경과 생태계
의 위기, 억압과 소외와 빈곤의 문제 등은 인식하기에 따라 혼

란한 상황으로 여겨질 수도 있고, 사람 사는 곳이면 으레 있기 마련인 일상적인 사건일 수도 있다. 시인이 과민해서 세계의 위기를 성급하고 과장되게 발설하는 점도 있지만, 그렇다고 해서 시인의 발언을 호들갑스럽다고 비난해서는 안 된다. 따스한 봄바람을 먼저 감지하고 호들갑을 떨듯이 시인은 지금 우리 앞에 닥친 저 어둠의 징후를 먼저 보고 있는 것이다. 세상은 시인에게 세계의 찬란한 환희를 먼저 맛보게 하는 동시에 세계의 불화도 먼저 감지하는 고통을 주었다. 시인이라면 마땅히 환희보다는 불화에 더 잘 반응해야 하겠지만, 갈수록 그 촉수가 무디어지고 있다는 느낌을 지울 수 없다. 시인 스스로 그 촉수를 퇴화시키고 있다는 느낌도 든다. 고통을 반가운 손님처럼 수락하기가 쉬운 일은 아니지만 그것을 문전박대하는 것 또한 시인의 도리가 아니다. 신제품으로 개발된 식약품을 시음자가 먼저 맛보듯이 시인은 세상의 고통을 먼저 복용하고 시음해 보아야 한다. 이로써 부작용을 최소화할 수 있다면 세상은 소수의 고통으로 큰 재앙을 예방하게 되는 것이다. 시인들마저 잠수함 속의 토끼가 되는 것을 거부한다면 인간의 멸망은 훨씬 더 빨리 다가올지도 모른다.

십 대 중반의 1년 남짓, 내 몸은 가슴에서 발끝까지 딱딱한 석고붕대에 묶여 있었다. 심각한 사고가 아니었음에도 골절된

나의 대퇴부 뼈는 수술 후유증으로 쉽게 붙지 않았고 병원 측에서는 계속 이런 상태로 가면 다리를 절단할 수밖에 없다고 으름장을 놓았다. 가장 왕성한 성장기에 찾아온 이 위기는 무척 느닷없는 불청객이었지만 곧 나는 그 상황을 받아들였다. 그것이 그 상황을 넘길 수 있는 유일한 대안이었다. 그렇지 않았다면, 그 상황을 거부하고 못 견뎌 했다면 지금의 나는 없었을 것이다. 그 난관이 정당한지 부당한지를 따지는 것은 무의미한 일이었다. 나의 운명은 그것을 수락할 것인지 거부할 것인지만 묻고 있었다. 군말 없이 나는 그 상황을 수락했고 긴긴 면벽의 시간이 흘렀다. 꽃이 피었다가 지고, 바로 옆 학교 운동장에서 아이들의 함성이 모였다가 흩어졌다. 간호사는 항생제를 수도 없이 놓았고 의사는 무료하게 상처를 닦아주고 갔다. 나는, 이왕 머물다 갈 요량이면 좀 더 가까이 바짝 다가와 앉으라고 그것들을 내 옆으로 끌어당겼다. 따져보면 내가 자청한 일인지도, 오래전에 예정된 일일지도 모를 일이었다.

　몇 년 전 아버지도 그렇게 돌아가셨다. 더 이상의 진전을 기대할 수 없다는 것을 아셨는지 처방된 진통제와 진정제를 몰래 침대 밑에 버리셨다. 극심한 공포로 다가오는 죽음의 순간을 말없이 수락하는 과정에서 육신의 통증 따위는 그다지 큰 문제가 아니었을 것이다. 그런 과정을 감당한 아버지는 이미 시인이셨다.

고통은 흥얼거리며 삶의 진창을 건너가야 할 시인에게 주어진 두둑한 노잣돈이다. 그 길이 질척거리고 멀다 해도 주머니가 비지 않는다면 시인은 부지런히 그 길을 갈 것이다. 그래서 시인에게 고통은 아프지 않다. 힘들지도 않다. 양수처럼 출렁이는 고통이 없다면 세상은 시인에게 사막과 다름없을 것이다. 일찍이 생의 허방을 짚어버린 나의 서글픈 청춘에게도 고통은 변하지 않는 동무였다. 그가 없었다면 여기까지 걸어오는 동안 심심할 뻔했다. 나의 잡다한 글쓰기는 고통과 동행하며 할 수 있는 유일한 소일거리였다. 자리를 바꾸어가며 여전히 나를 닦달하고 있는 고통이 있어 즐겁다.

위대한 예술가들이 남긴 성취의 모태 역시 고통이었다. 도스토예스프스키를 고무한 것은 간질병과 사형수의 고통이었고 베토벤을 고무한 것은 계속되는 실연과 청각 손실의 고통이었다. 예술가에게 지나친 행복과 성취는 결과적으로 불행일 수 있다. 반대로 지나친 불운과 불행은 불후의 성과물을 이룰 터전이 될 수 있다. 시인을 포함한 모든 예술가는 고통에 빚지고 있고 모든 창조적인 생산물은 결핍이 만든 엉뚱한 성과물이다. 결핍을 자각하고 고통스러워하고 그것으로부터 벗어나고자 하는 행위가 거둔 결과물. 그것은 불균형과 불안정, 불편부당과 불만족과의 싸움에서 얻은 전리품이다.

시인은 고통의 수렁에 서슴없이 발을 담글 줄 알며, 그것을 잘 포장하고 치장할 줄 안다. 시의 성패는 스쳐 가려는 상처와 고통을 자기 곁에 얼마나 잘 붙들어두느냐에 있다. 고통을 얼마나 잘 요리해서 독자의 식탁에 올리느냐에 따라, 하찮은 상처를 어떻게 부풀리느냐에 따라, 엄청난 비극을 어떻게 사소한 것으로 만드느냐에 따라 시는 성공하고 실패한다. 시인은 필요하면 언제든, 뚜벅뚜벅 고통 속으로 걸어 들어갈 수 있어야 한다. 남의 고통까지 등짐 지고 먼저 저 산마루를 올라가야 한다. 과거와 현재와 미래를 재검토하는 좌표가 된다는 점에서 고통은 시인이 공손히 받들고 섬겨야 할 사부님이다. 그런 의지가 있는 시인에게만 고통은 친절하게 다가와 생의 비의를 살며시 보여주고 간다.

절망의 힘

시 「연장론」은 1986년 한국일보 신춘문예를 겨냥해 1985년 12월 초에 쓴 시다. 삼십여 년의 세월이 흐르는 동안 나는 이 시를 별로 염두에 두지 않았다. 지나간 일을 마음에 새기지 않으려는 버릇 때문이었을 것이다. 좋은 일은 좋은 일대로 그렇지 않은 일은 그렇지 않은 대로 흘려보내고자 하는 것이 우둔한 기억력에 대한 나의 알리바이였다.

좋은 일의 반추가 주는 안락한 평화나 좋지 않은 경험이 주는 불길한 환기를 나는 똑같이 싫어한다. 어떤 것에도 익숙해지지 않고 어떤 것에서도 자유롭고 싶지 않은 것이 새로운 날을 맞이하는 나의 다짐이다. 익숙해지지 않는 것과 자유를 같은 선상에 놓을 수도 있겠으나 나는 그 반대로 익숙한 것과 자유를 동일선상에 놓고자 한다. 무엇에 익숙해졌다는 것은 그 무엇으로부터 자유로워졌다는 것이고 그럴 경우 이것과 저 것 사이의 긴장관계는 더 이상 필요 없게 된다. 남에게 관대하고 나에게 혹독하고자 한다면 나는 그 무엇에도 익숙해지지 않아야 하고 또 그 무엇에도 자유롭지 않아야 한다. 그런 나날의 다짐은 무엇보다 지나온 시간을 반추하고 납득할 만큼 내 시나 삶이 그리 호사스럽지 않다는 데 있다.

먼지 쌓인 자료철 밑바닥에 갇혀 있었던 시 「연장론」은 그동안 인간 최영철에게 이런 욕지거리를 퍼붓고 있었을 것이다. 나를 이렇게 괄시해도 되는 거니. 네가 지금 누구 때문에 사는데? 할 일 없이 허송세월할 뻔했던 네게 일거리를 주었잖니. 배은망덕한 놈. 이보다 더 심한 욕을 퍼붓는다 해도 나는 할 말이 없다.

신춘문예 마감 전날 밤 나는 이 시를 썼다. 1984년 부산에서 나오던 무크지 『지평』에 작품발표를 시작하고 있어서 신춘문예의 꿈을 접어가고 있던 중이었다. 그런데 1985년 12월의 어느 아침, 집으로 배달된 한국일보 1면 하단에 박아 놓은 '신춘문예 내일 마감'이라는 활자에 퍼뜩 정신이 들었다. 그것은 늦잠을 자고 있어난 나를 두드려 깨우는 매운 회초리였다. 그만 적당히 주저앉고 싶었던 나를 향해 날아든 느닷없는 돌팔매질이었다. 나는 울화가 치밀어 신문을 내던졌지만 붉은 바탕의 흰 글씨는 더 선명하게 눈을 치뜨고 나를 올려다보고 있었다. 10년 동안 연례행사처럼 투고해 두어 번 최종 심에 오른 것이 고작이었다. 나의 재능은 거기까지였다. 나의 재능은 우둔했고 나를 제치고 나온 당선작들은 충분히 유려 하고 장대했다. 신춘문예는 하늘이 점지한 시인에게나 내리 는 축복이었다.

시를 보내놓고 한 보름 정도 막연한 기대로 가슴이 설레고, 그것이 더 큰 실의로 이어지면서 연말연시의 나는 초췌한 패 잔병의 몰골이 되어야 했다. 그 진저리나는 경험들을 다시는 반복하고 싶지 않았다. 나이는 이미 서른이었고 변변한 살림 살이조차 없는 단칸방과 아내와 두 아이들 사이에서 이제는 정말 먹고살 일을 걱정해야 했다. 몇 걸음 뒤로 물러서서 생각 하면 시가 보장해줄 것이 아무것도 없었는데도, 시가 없다면 살아갈 방도가 아무것도 없는 것처럼 여겨지던 시절이었다. 그 생각은 지금도 크게 다르지 않지만 그 생각이 참으로 우매 하다는 것쯤은 알게 되었다. 그렇다고는 해도, 시라도 쓰지 않 았다면 세상을 살아낼 방도가 도대체 없었을 것이므로 그것 은 어쩔 수 없는 필연이었다. 그날 본 신문 하단의 붉은 글귀 는 최후통첩과도 같이, 망망대해에서 허우적대는 나에게 한 올 지푸라기같이 다가왔다. 한 번 더 안간힘으로 몸부림을 쳐 서 그 지푸라기를 붙잡고 싶었다.

그리하여 그날 밤 나는 아내와 아이들이 잠든 단칸방 윗목

에 엎드려 이 시를 썼다. 나는 서른을 넘기고 있었고 수중에
는 동전 몇 닢뿐이었다. 나에게 온 죄로 온갖 박대와 가난을
견디고 있는 아내와, 아무 호사도 누리지 못하고 크는 아이
들이 잠든 머리맡에서 나는 이 시를 썼다. 이제 지랄 같은 신
춘문예는 이것이 마지막이라고 다짐하며, 이것으로 더 이상
의 기대와 몽상은 버리기로 약속하며, 이 시를 썼다. 식구들
이 잠든 그 막바지 시각, 아무리 잘 봐주려고 해도 도통 희망
이라고는 보이지 않던 진퇴양난의 그해 겨울이 또 한 편의 시
를 쓰게 했다.

마감 날 우체국에 가서 원고를 부치고 나니 홀가분했다. 애
썼다. 나는 허탈해지려는 나의 어깨를 두드려주었다. 책방을
하다 말아먹고, 첫 직장으로 1년 넘게 다닌 출판사가 문을 닫
는 바람에 친척 형님이 만들어 팔던 미니카 몇 대를 받아 영업
을 다닐 때였다. 공터를 골라 전을 벌이면 한 며칠 호기심으로
아이들이 들었지만 곧 썰물처럼 빠져나가 버려서 기계 값도
못 건질 형편이었다.

그리고 12월 23일인가 24일쯤, 궂은 겨울날씨에 장사를 공
치고 연장통을 들고 털레털레 돌아온 내게 막내 동생이 찾아
와 부모님 댁으로 걸려온 전화를 알려주었다. 한국일보 문화
부 '당래부 기자'라고 했다. 당래부? 이상한 이름도 다 있네.
일러준 번호로 전화를 했더니 장명수 문화부장이 받아 축하

한다고 했다. 장명수 칼럼을 보려고 나는 한국일보를 구독하던 중이었다. 그리고 다음 날 통일호 첫차를 타고 서울로 가 한국일보사 건물 꼭대기의 송현클럽에서 당래부 기자가 아닌 박래부 기자와 마주 앉았다.

1월 1일자 신문 전면에 시와 인터뷰 기사가 나오고 며칠 뒤 부산의 한 텔레비전 프로에 얼굴이 나갔다. 미니카 장사는 계속 시원찮았지만 그렇다고 그만둘 형편도 아니었다. 잠시 일손을 놓고 공터 앞의 중국집에 들어가 자장면 한 그릇을 시키고 앉아 있는데 여주인이 다가와 말을 붙였다.

"어제 저녁 텔레비전에 아저씨하고 영판 닮은 사람이 나옵디더."

그래서 내가 그랬다.

"닮은 사람이 어데 한둘입니꺼."

    우리가 잠시라도 두드리지 않으면
    불안한 그대들의 모서리와 모서리는 삐걱거리며 어긋난다
    우리가 세상 어딘가에 녹슬고 있을 때
    분분한 의견으로 그대들은 갈라서고
    벌어진 틈새로 굳은 만남은 빠져나간다
    우리가 잠시라도 깨어 있지 않으면
    그 누가 일어나 두드릴 것인가

무시로 상심하는 그대들을 아프게 다짐해줄 것인가

그러나 더불어 나아갈 수 없다면
어쩌랴 아지 못할 근원으로 한 쪽이 시들고
오늘의 완강한 지탱을 위하여 결별하여야 할 때
팽팽한 먹줄 당겨 가늠해 본다
톱날이 지나가는 연장선 위에
천진하게 엎드려 숨죽인 그대들 중
남아야 할 것과 잘려져 혼자 누울 것은
무슨 잣대로 겨누어 분별해야 하는가를

또다시 헤어지고 만날 것을 빤히 알면서
단호한 못질로 쾅쾅 그리움을 결박할 수는 없다
언제라도 피곤한 몸 느슨히 풀어 다리 뻗을 수 있게
-자나 +자로 따로 떨어져
스스로 바라보는 내일이 있기를
수없이 죄었다가 또 헤쳐 놓을 때
그때마다 제각기로 앉아 있는 그대들을 바라보며

몽키스패너의 아름다운 이름으로
바이스플라이어의 꽉 다문 입술로

오밀조밀하게 도사린 내부를 더듬으며
세상은 반드시 만나야 할 곳에서 만나
제나름으로 굳게 맞물려 돌고 있음을 본다

그대들이 힘 빠져 비척거릴 때
낡고 녹슬어 부질없을 때
우리의 건장한 팔뚝으로 다스리지 않으면
누가 달려와 쓰다듬을 것인가
상심한 가슴 잠시라도 두드리고
절단하고 헤쳐 놓지 않으면
누가 나아와 부단한 오늘을 일으켜 세울 것인가.

—「연장론」

　나는 내게 온 모든 절망들에게 감사한다. 나는 나의 절망들
에게 빚지고 있다. 그 겨울의 절망이 나를 두드려 깨우지 않았
다면, 그 겨울뿐 아니라 그 이후에도 계속 나를 들쑤셔주지 않
았다면, 나는 그만 중도에 시의 손을 놓아버리고 말았을 것이
다. 나는 내가 지나온 그 많은 절망들에게 빚지고 있다.

좋은 시의 경계

시가 쓰여지는 자리는 아슬아슬한 경계지점이어야 한다는 생각은 여전히 나를 억누르는 불문율 같은 것이다. 그 절묘한 상황에 가닿거나 그 절묘한 상황을 기다려야 하는 것인데 나는 자주 어서 써버려야 한다는 조급함에 내몰린다. 지금 쓰지 않으면 자취도 없이 날아가 버릴 것 같은 불안감이 문제다. 나와 비슷한 조루증의 시들이 너무 많다. 이쪽도 저쪽도 아닌, 이쪽으로도 저쪽으로도 나아갈 수 없는 아슬아슬한 경계지점에서 피어난 시가 그래서 아름답다. 너무 쉽거나 어려운 시, 너무 길거나 짧은 시, 너무 유식하거나 무식한 시, 너무 그럽거나 그럽지 않은 시, 너무 희망이거나 절망인 시, 너무 메마르거나 축축한 시, 병이 되고야 말 과도한 자의식과 안하무인의 자만 사이, 자폐 자학 자책 자조 자위 자긍 자찬 같은 것들, 스스로를 향한 이 모든 자문자답이 과도하거나 전무한 시…. 이를테면 그런 시들이 아슬아슬한 경계를 이탈한 시들이다. 편중된 시선, 과도한 신념, 과도한 회의는 부드럽지가 않다. 탄력이 없다. 서둘러 어느 한쪽에 몸을 빠뜨리고 희희낙락하고 있는 시는 나쁘다. 절제하고 안배하는 팽팽한 지점이 시가 도달해야 할 지점이다. 그 어느 한편으로 넘어가지 않으려고 몸을 버티는 촌각의 시간이 만들어낸 부산물. 시가 아닌 다른 방식으로는 도저히 표현할 수 없는 것. 어린이에서 어른까지, 지푸라기에서부터 하늘의 별까지 다 끌어안는 것. 적은 재료로 큰 효과를 얻는 것, 그것으로 하여 세상이 갑자기 막막해지는 것, 세상이 갑자기 눈부시도록 아름다워지는 것, 세상이 갑자기 허무맹랑해 보이는 것. 지금도 좋고 나중도 좋은 것. 그런 게 좋은 시가 아닐까.

시는 세계의 파장에 먼저 반응하고 그 파장을 누구보다 먼저 수용하려는 자의 몫이다. 먼저 반응하려는 시인과 먼저 수용하려는 독자는 시 산업의 공급과 수급을 이루는 두 축이다. 먼저 말하고 싶은 시인과 먼저 듣고자 하는 독자의 열망이 서로 어긋나지 않고 팽팽한 힘의 균형을 유지할 때 시 역시 파닥이는 생명력을 유지할 수 있다. 이 수용과 공급의 미학은 양자의 균형이 유지되었을 때 성립된다. 수급하려는 양보다 공급하는 양이 많아졌을 때 시는 호들갑스러운 엄살쟁이들의 수다에 그칠 우려가 크다. 또 공급하는 양보다 수용하려는 양이 많을 때, 시는 자만의 수렁으로 빠질 위험이 크다. 그렇게 본다면 수용보다 공급이 많아 보이는 지금의 시는 수다스러운 엄살로 비칠 확률이 크다. 진지한 담론을 원하지 않는 시대에 시인들은 무엇인가 혼자서 계속 중얼대고 있고, 독자들은 너무나 재미있게 돌아가는 세상에 대해 딴지를 걸고 있는 시인이 어리둥절하고 못마땅할 뿐이다. 그렇다고 시를 포기할 것인가. 돌잡이 놀이를 보면서 느낀 게 많다. 잔칫상에 이런저런 물건들을 늘어놓고 아이가 무엇을 집어 드느냐를 가지고 앞으로의 취향과 진로를 가늠해보는 돌잡이는 어른들의 놀이다. 예전에는 가장 먼저 집어 들었으면 하는 게 책이었는데 요즘은 되도록 피해 갔으면 하는 게 책이 되어 있다. 책 읽고 공부하는 게 신분상승과 출세의 방편이었던 시절은 아주 먼 옛이야기가 되어버렸다. 아이의 손이 그쪽으로 향할라치면 여기저기서 야유가 터진다. 그래도 그 비난과 야유 속에서도, 시험과 핍박 속에서도 책을 집는 아이가 있듯이 시인은 계속 태어날 것이다. 그렇게 태어난 시인이 쓴 시라면 귀천을 따지기가 뭣하다. 다 좋은 시, 다 좋은 시인이라고 해야 하지 않을까.

시는 이해하고 공감하는 차원이 아닌 눈이 환해지는 새로운 발견과 절실한 감동을 이끌어내고자 하는 장르다. 빈둥빈

등 엎드린 채 펴 든 시 한 편, 나른한 안락의자에서 포만감에
젖어 무심코 펼쳐 든 시 한 편에 눈이 번쩍 뜨이고, 느닷없이
누가 뒤통수를 내리친 듯 가슴이 뜨끔하고, 살을 에는 얼음장
과 들끓는 도가니에 내던져진 불편한 상황을 체험하게 한다.
나 역시 그 언저리 상황도 만들지 못하고 말겠지만 그에 가까
워지려는 게 시인된 자의 당연한 욕망일 것이다. 갈수록 침침
해지는 눈을 비비며 하루 종일 그런 시 한 편을 만나려고 오늘
도 시를 읽었지만 원하는 한 편을 찾지 못했다. 나는 결국 그
런 시 한 편을 만나지도, 그에 가까운 시 한 편을 쓰지도 못하
고, 이 어려운 보물찾기의 종지부를 찍을 가능성이 높다. 왜
쓰는지, 무엇을 쓰는지가 분명하지 않다. 싱겁고 건조하고 딱
딱하고 이유 없이 축축하기만 하다. 나의 쓰는 행위 역시 그만
그만한 의무방어전을 치르는 행위와 다를 바 없을 것이다. 세
상이 야기하는 쉼없는 파문을 시의적절하게 포착해내지 못하
고 있다. 그만그만하게 훈련된 시가 대부분이다.

12월, 절박한 심정으로 또 천여 편의 신춘문예 응모작들을
읽었다. 전보다는 못하지만 전국 일간지 신춘문예나 문예지
신인 공모에 투고하는 시인 지망생들을 합산하면 어림 계산
으로도 이만 명은 넘는 것 같다. 비인기 종목이 되어버린 시에
아직도 목매다는 지망생들이 있다는 게 고맙다. 그 정도라면

혁명은 어려워도 현상유지나 계승은 가능할 것으로 보인다. 호황은 아니라도 시 산업의 존립을 걱정해야 할 수준은 아닌 것이다. 시의 고매한 위의가 훼손되고 있는 문단 안팎의 상황을 매우 안타깝게 바라보는 눈길 또한 없지 않으나 재미난 것이 수도 없이 널린 세상에서 시 같은 걸 써보겠다고 자청한 분들이 있으니 다행이다.

본심과 최종심에 남겨 논의해야 할 작품을 고르기가 쉽지 않았다. 궁여지책으로 작품성향, 지역과 남녀, 세대를 안배하여 몇 편으로 압축해보지만 이것이다 싶은 게 없다. 외형은 그럴싸하지만 속씨가 없다. 진열장의 견본 모델처럼 깔끔하게 잘 다듬어진 시들이다. 비슷한 향수 냄새가 난다. 언제부터 시에서 이렇게 똑같은 향기가 나기 시작했을까. 피비린내와 땀냄새, 역겨운 토사물, 시궁창 냄새도 있어야 하지 않을까. 세상은 더 그런 냄새들로 넘쳐나고 있는데 말이다. 심지어 작년에 투고한 것에다가 새로 나온 향수 몇 방울을 더 뿌려 투고한 것도 있다. 하루 수십 편씩이라도, 미친 듯 걸신들린 듯 써내야 하는 문청시기에 출세작만을 겨냥하고 있다. 그런 한탕주의로 무엇을 추수하려는지 묻고 싶다. 한 편의 성공작을 만들기 위해 여기저기 강좌를 기웃거리는 게 통과의례처럼 행해지던 시절도 있었다. 데뷔작이 출세작이 되고 대표작이 되고 마지막 작품이 되는 사례도 얼마든지 있었다.

지금 시가 해야 할 일은 21세기가 깔고 앉은 지옥에 대해 말하는 것이다. 시인은 현란한 사이키조명과 폭죽이 쏟아지는 천국에 깔려 신음하는 지옥에 대해 말해야 한다. 지옥으로 통하는 길은 너무 좁고 누추하고 역한 냄새가 나며 천국이 그 큰 엉덩이로 짓누르고 있어 존재 여부조차 알기 어렵다. 신명 나는 풍악소리에 덮여 요란한 박수와 환호에 덮여 세상은 이제 지옥을 잊었다. 그 지옥은 범람하는 환희와 쾌락에 매몰된 고통의 다른 이름이다. 니체는 일찍이 창조하는 자가 존재하려면 고통이 있어야 하며 많이 변신해야 한다고 했다. 시인은 지옥과 천국에 각각 발 하나씩을 빠트리고 있는 존재이다. 천국에만 거하고자 한다면 그의 시는 뿌리 없는 꽃과 다름없을 것이며 지옥에만 머문다면 전망 없는 울부짖음에 불과할 것이다.

　무슨 목표 같은 것이 있다면, 그래서 그 목표가 달성된다면, 시는 무의미해지고 말 것이다. 그 이상의 목표가 부여되지 않는 한 시는 무의미해지고 말 것이다. 쓰는 자나 읽는 자나, 그 시로 하여 획득될 부산물이 없다면 시의 의미는 소멸되고 말 것이다. 사람이 하는 일에 목표가 없을 수는 없겠으나 시의 목표는 멀고 불투명할수록 좋다. 등단이 목표라면, 대중적 지지가 목표라면, 돈과 명예가 목표라면, 그것은 금방 소멸되고 말 것이다. 왜냐하면 그것들은 생각보다 훨씬 쉽게 성취되거나,

아예 성취될 수 없는 것들이기 때문이다. 보다 먼 영원을 향한 지향, 내 것을 버리고, 내 것이 아닌 타자의 열망을 대신 노래하는 것이 진정한 시의 본령일 수도 있을 것이다.

　시의 위기를 거론하는 속내에는 시에 대한 과도한 경외감이 있을 것이지만 시는 애당초 소수에 의해 생성되고 유지된 적 빈무의 장르였다. 굳이 시의 위기를 논해야 한다면 다산과 과식으로 뒤뚱거리는 시의 범람부터 지적해야 할 것이다. 지금 시는 분명 과체중 상태이다. 무엇인가를 잔뜩 집어 먹어 터질 듯한 배를 부여잡고 뒤뚱뒤뚱 걸어가고 있다. 지나치게 많이 알고 있고, 많이 가지고 있고, 많이 말하려고 하는 이 과적 상태를 벗어던지지 못하는 것이 시의 위기일 것이다.
　두발 자전거의 균형은 진행을 멈추지 않고 계속 나아갈 때 비로소 유지된다. 멈추고 쉬기를 밥 먹듯이 하는 자전거가 많다. 환호하는 관중이 없으면 슬그머니 자전거를 멈추고 딴전을 피운다. 가던 길을 돌아 다른 길을 기웃거린다. 거기에도 관중이 없는지 살핀다. 웃고 떠드는 관중이 있는 쪽으로 슬쩍 핸들을 돌린다. 별거 아니라는 듯 그 길을 또 금방 빠져나온다. 도저히 다른 방법이 없는지 박수갈채를 받고 있는 자전거 후미를 또다시 슬금슬금 따라간다.
　시인은 제 몸을 스스로 수레바퀴에 걸어버린 자이다. 갈 길

이 빨라지고 굴곡이 심할수록 몸이 찢어지는 아픔은 극렬해질
것이다. 좋은 시, 나쁜 시는 누군가의 판정에 의해서가 아니라
스스로에 의해 결정된다. 생이 나에게 부여한 이 고역을 비켜
가지 않고, 흥얼흥얼 콧노래라도 부르며 동행하고 있다면, 그
대는 이미 좋은 시인이다. 좋은 시를 살아내고 있는 시인이다.
앞으로도 그것을 감수할 각오가 되어 있다면 그대의 시는 이
미 좋은 삶을 살아내고 있는 중이다.

전업시인으로
산다는 것

　찜통더위가 시작되었고 바야흐로 휴가철이다. 속 모르는 한 친구는 그렇게 집 안에만 틀어박혀 있지 말고 중국 여행을 같이 가자는 제안을 해왔다. 나는 신통찮은 건강을 핑계로 웃어 넘겼지만 전업시인이 당면한 처지를 너무 몰라주는 것 같아 조금 서글프기도 했다. 하긴 이 서글픔의 근원이 어느 누구의 탓은 아닐 것이다. 누가 하라고 시킨 일도 아니고 책임과 의무가 따르는 일도 아니니 지금 당장 그만두고 다른 밥벌이를 찾아 나선다고 나무랄 사람은 없다.

　그런데도 이 일을 그만두지 못하는 것은 이 일이 좋기 때문이다. 좋은 것을 자기 것으로 삼으려면 일정한 희생을 감수해야 한다. 시 쓰는 일은 다른 일에 비해 경제적 교환가치가 턱없이 적고 사회적 대우 또한 형편없이 추락해 있다. 누구에게 고용된 처지가 아니니 나의 처지를 하소연할 곳도 없다. 헛된 이상과 망상에 사로잡혀 조직 생활이 힘들어진 사회 부적격자로 오인받지 않으면 그나마 다행이다. 스스로 시인입네 떳떳하게 밝히기가 쉽지 않은 세상이다.

전업시인은 좀 그럴듯한 말로 하면 1인 기업이다. 자신이 사용자고 자신이 노동자인 셈이다. 좀 우아하게 표현하자면 우주의 삼라만상이 사용자일 것이지만 그것을 발견하고 운용하는 주체가 자기 자신이라는 점에서 노사가 따로 없다. 둘이 아닌 하나다. 그래서 그의 일과는 조금도 쉴 틈이 없다. 오늘도 어김없이 해는 뜨는지, 달은 뜨는지, 별 탈 없이 밤하늘의 별은 반짝이는지, 이웃은 모두 무사한지, 동네 개와 방랑자 고양이는 끼니를 거르지 않았는지, 외롭지는 않은지 걱정해야 한다. 분쟁이 끊이지 않는 세계정세와 국내 정치판에 분개해야 하고 텔레비전 다큐 프로를 보다가 눈시울을 적시기도 해야 한다. 그러다 가슴이 뜨겁고 서러워져 술로 시름을 달랜다. 그 힘든 일과는 잠자리까지 이어져 꿈에서도 그는 줄곧 깨어 있어야 한다. 여차하면 일어나 머리맡에 둔 백지 위에 무언가를 기록해야 한다. 스물네 시간 쉴 틈이 없는 노동이다.

이처럼 전업시인에게는 휴가도 휴일도 없다. 이 무더위를 피해 휴가를 떠났다 해도 피서지에서도 앞서 열거한 과업들을 출장근무로 수행하고 있을 뿐이다. 이런 격무에 대해 인접 장

르의 예술인들까지 영 엉뚱한 시각을 갖고 있는 경우를 보았
다. 한국문화예술위원회가 우수한 작품을 쓰고 있는 시인 작
가를 선정해 지원하고 있는 천만 원 안팎의 창작지원금이 너
무 과도하다는 이의를 다른 분도 아니고 인접 예술에 종사하
는 분들이 제기했다는 이야기를 들었다. 종이와 펜만 있으면
되는데 그런 큰 지원금을 줄 필요가 뭐 있느냐는 것이다.

전업시인의 서러움이 바로 거기에 있다. 피를 말리는 정신
적 노동에 대한 가치를 가족 친지들은 물론 인접 예술가들마
저 몰라준다는 것, 긴장을 놓고 팔다리 뻗고 마음 편히 쉴 틈
도 없이 종사하는 시의 과업을 동업자들조차 몰라준다는 것
이 서러운 것이다. 어떤 분은 자신이 작가가 된 게 같은 집에
하숙하던 한 작가 지망생 친구가 늘 빈둥거리며 책만 읽고 있
어 그게 편해 보여 자신도 그 길로 들어서게 되었다고 우스갯
말을 한 적이 있다. 모든 직종이 다 그럴 것이지만 당해보지
않으면 그 일의 고락을 알 수 없는 것이다.

육십여 년 내 생의 가장 행복했던 시간은 아이러니하게도
이십여 년 전 머리를 다쳐 신경외과 병동에 입원해 있을 때였
다. 한나절의 뇌수술을 받고 며칠 만에 깨어난 나는 무엇이 좋
은지 계속 히죽히죽 웃고만 있었다고 했다. 거기에다 식욕까
지 당겨 보름 만에 몸무게가 10킬로그램이나 불었다고 했다.
뇌수술 후유증을 염려해 병원에서 주는 약을 계속 먹고 있었

기 때문이었는데, 아내는 그런 내가 이제 그만 바보가 되어버린 줄 알고 한참을 울었다고 했다. 그러나 그 시간은 내 생애 최고의 행복했던 순간이자 생애 최고의 휴가였다. 쉴 새 없이 나를 얽매던 자의식으로부터 잠시 놓여난 시간이었으니까. 전업 예술가들에게 휴가는 없다. 휴가비는 고사하고 언제부터 언제까지 만사 다 잊고 어디 풍광 좋고 시원한 데 가서 쉬었다 오라는 배려를 베푸는 이도 없다. 사용자 없는 종신 고용자, 언제라도 그만둘 수 있지만 사표를 제출할 곳도 그런 만용을 다독이고 만류해줄 상사도 없다. 단체교섭을 벌일 노조도, 편들어 줄 후원 조직도 없다. 각종 과민성신경증을 동반하는 직업병이 있으나 아무도 그것을 산재 처리해주지 않는다. 이제 그만 편안히 쉬시라고 공로패와 퇴직연금을 지급해주지도 않는다.

가끔은 시와의 그런 악전고투가 시가 되기도 한다.

그렇게 말해 놓고 마음이 아프구나
그러나 너는 수시로 마음이 아파야 할 몸
언제까지 너에게 사탕발린 치사나 하고
비단옷에 잘 익은 쌀밥만 먹일 수 없다
너도 네 이웃이 입는 누더기를 걸치고
저자로 나가 뒤섞여 보아야 하리라

서툰 각설이타령으로 문전 박대 끝에
겨우 찬밥 한 그릇 얻어
남의 집 처마 밑에서 눈물로 삼켜 보아야 하리라
시여 너를 이 따뜻한 방에 두지 않고
빈 깡통 하나 채워 내쫓아 놓고
상소리로 욕하고 다시는 돌아오지 마라고 옥박질러 놓고
나는 혼자 운다 너의 어여쁜 속살과 향기를 생각하면
마음이 아프구나 너도 철이 들기 위해서는
밖에 나가야 하리라 시여 세상 물정을 알기 위해서는
저 냄새나는 세상의 시궁창을 건너와야 하리라
너를 짓밟고 찬바람 속에 내몰아
그 온유하던 얼굴 갈수록 거칠고 볼품없어
바라보는 나는 갈기갈기 찢어지지만
시여 네가 오래 사는 길이다
네 어깨 갈수록 넓어지고 그 속에 내가 묻히는 길이다

—「시여 시여」

시의 속도
삶의 속도

    무슨 말끝에 타이핑 속도에 관한 이야기가 나왔다. 취중진담이 나중에는 산문가와 운문가의 짧은 언쟁으로 발전했다. 내 입장은 이랬다. 소설가들이 워드프로세서로 소설을 쓰기 시작하면서 그 타이핑 속도 때문에 요즘의 소설은 주로 가벼운 사설과 입담에 그치고 있으며, 그 결과 골격이 약하고 서사가 없다는 것. 소설은 소설의 속성상 그럴 수 있고 그래야 하는지 몰라도 시의 속도는 빨라서는 안 된다는 것. 그러므로 시인의 타이핑 속도는 당연히 느려야 한다는 것이 내 주장의 핵심이었다. 시인의 능란한 타이핑 솜씨는 내면의 속도를 앞질러 갈 것이고 그러면 촌철살인이 아닌 말의 배설에 지나지 않는 시가 생산될 것이라는 주장도 곁들여졌다.

    시는 내면이 불러주는 것을 받아 적는 것이고 그것은 내면

의 갖은 여과기관을 거쳐서 나오는 것이어야 하므로 시인의
타이핑 속도는 떠듬떠듬, 다소 느려야 할 것이다. 그 떠듬떠듬
한 진언이 그것을 읽는 이의 심장에 박혀 온몸으로 퍼지면서
몇백 배 몇천 배로 확산되는 것이 시가 아닐까. 우격다짐으로
독자의 입에 자신의 언어를 마구 쑤셔 넣는 문학, 그 때문에
온갖 향료와 색채로 진수성찬을 이룬 문학은 읽는 일의 즐거
움을 줄지는 몰라도 심금을 도려내는 듯한 즐거운 고통을 주
지는 못할 것이다. 타이핑 속도가 빠르면 그 속도에 눌려 자주
말문이 막힐 것이고 그것은 회초리 앞에 닦달당해 자기 할 말
을 잊는 아이의 꼴이나 다름없을 것이다. 대중 앞에 주눅이 들
어 그 순간을 넘기려고 마음에도 없는 말을 얼렁뚱땅 내뱉고
있는 것이 혹 오늘의 문학은 아닐까. 시까지 그럴 필요가 뭐
있겠는가, 시라도 그러지 말아야 한다는 것이 내 생각이었다.

내친 김에 세계를 산문의 리듬과 운문의 리듬으로 나누어 보
면 어떨까. 산문의 리듬이 정해진 목표를 향해 줄기차게 일관
된 진전을 보인다면 운문의 리듬은 뒷걸음치고 멈추며 넘어지
기도 하는 불규칙의 진전을 보인다. 산문이 일정하게 설정해
둔 목표를 향해 부지런히 걸음을 재촉하는 것이라면 운문은
일정한 목표 없이 자유로운 보행을 통해 완성되는 양식이다.

그러니까 산문은 일정한 보폭을 유지하며 쉬지 않고 걸어
야 하고 출발에서 도착까지의 전 과정을 염두에 두고 전체적

인 힘의 안배를 계획해야 한다. 어느 지점까지는 천천히 힘을 아끼며 걸어야 하고 어느 지점에 이르러서는 전력질주로 결승점에 도달해야 한다. 출발에서 도착까지의 모든 과정이 언젠가 당도할 결승점을 위해 배치되고 소모된다. 거기에 비해 운문은 하나의 단어, 한 줄의 문장이 최선의 독립된 승부처이다. 그래서 운문이 발휘하는 힘의 안배는 산문의 진행과정과는 다르게 이루어진다. 초반이나 중반에 힘을 다 써버릴 수도 있고 끝내 그 힘의 본체를 드러내지 않고 숨길 수도 있다.

그렇게 본다면 우리가 지나온 세기는 쉼없는 진전을 미덕으로 삼았던 산문의 시대로 명명될 만하다. 가닿아야 할 목표가 뚜렷했고 정체와 뒷걸음질을 용서하지 않았으며 그것을 딛고 넘어서는 것이 정당화되었던 시기였다. 그 덕에 눈부신 경제 발전을 이루었으나 자연과 인간성의 파괴라는 값비싼 희생을 치러야 했다. 그런 부단한 전진이 지속가능한 것인지에 대한 의구심은 날로 증폭되고 있으며 자연의 파괴는 여러 가지 재앙으로 지금 우리의 삶을 위협하고 있다. 시의 자리는 그런 일사불란한 전진에 대한 의문과 회의, 자책과 반성을 이끌어내는 데 있고, 그것을 견인해내는 힘은 맑고 여린 시인의 마음이다. 때로는 순수하고 무지한 어린아이와 같아야 하고 때로는 세속적 욕망을 벗어놓고 온 헐렁한 노년과 같아야 한다.

보고 듣고 느끼는 것이 다 새롭고 서툰 어린아이의 감각이

곧 시고, 세속적 욕망에서 놓여난 노인이 다시 어린아이의
순진무구한 정서로 돌아가는 것이 또 시다. 목표를 향해 줄
기찬 전진을 유지해야 하는 청장년의 시간은 산문에 가깝지
않을까.

2부

시
의

무
늬

시인

이유 없는 무덤이 없다고 하지만 이유 없는 시인 또한 없다. 한 사람의 시인을 세상에 내보내기 위해 그동안 들인 공덕, 이를테면 시인을 낳아 기른 부모, 성장기의 시적 감수성을 배가시켰을 자연의 향기와 빛깔, 생의 비의를 가르쳤을 책과 그림과 음악, 주위 사람들의 크고 작은 역할들. 그리고 한 사람의 시인을 위해 부여된 수많은 인연들, 그것은 때로 혹독한 불운이기도 했을 것이며 찢어지는 가난과 견딜 수 없는 외로움의 연속이기도 했을 것이다.

물론 그 반대일 수도 있다. 거듭되는 행운과 부족할 것 없는 환경과 승승장구의 갈채 속에서 한 사람의 시인이 탄생할 수도 있다. 그러나 불운의 고비를 넘어온 시인의 노래와 행운의 탄탄대로를 달려온 시인의 노래가 같을 수는 없다. 앞의 질감이 말랑말랑하고 달콤하다면 뒤의 질감은 딱딱하고 쓰디쓸 것이다. 앞의 말랑말랑하고 달콤한 속성이 너무 부드럽고 연약해서 쉬 변질되거나 읽는 이의 판단을 혼미하게 할 수 있다면 뒤의 딱딱하고 쓰디쓴 속성은 씹어 삼키기에 불편하지만 읽는 이의 현재를 반성하고 각성하게 하는 새로운 에너지를 창출할 수 있다. 그러므로 좋은 시가 환기하는 순간들은 대체로 안온한 시간이 아니라 고통스럽고 부끄러운 기억의 편린들이다.

시가 독자에게 주는 즐거움이 있다면 1인칭의 가장 솔직하고 진정성 있는 고백이다. 독자는 마치 관음증 환자처럼 시인의 섬세한 내면을 훔쳐보는 것으로 즐거움을 삼는다. 물론 그 섬세함은 어떤 극한에 가 있어서 때로 아름답고 때로 추하며 때로 격정적이고 때로 평화로운 양상을 띤다. 그런 면에서 시의 독자는 다른 어떤 소비자보다 변덕이 심하며 가혹하다. 한 편의 시 앞에서 늘어놓았던 찬사와 감동을 언제 그랬냐는 듯이 금방 거두어 가버리기 일쑤다.

시인은 그런 가혹한 조건을 스스로 수락한 자이다. 어떤 식으로든 열렬하지 않으면 시인은 더 이상 시인이 아니다. 열렬함의 극한에서, 더 이상 무엇을 어떻게 해볼 수 없는 상황에서 터져나온 한 줄기 탄성이 시여야 할 것이다. 그것은 자신을 만천하에 까발리는 일이며 그 상태는 자신에게 줄곧 혹독했을 때라야 가능해진다. 대다수 사람들이 갖고 있는 이율배반, 자신에게는 관대하고 남에게만 혹독한 이 이율배반에 맞설 수 있는 칼날 같은 정신이어야 한다.

시인의 생물학적 연령은 그다지 중요하지 않다. 약관에도 불혹의 시를 쓸 수 있고 이순에도 약관의 시를 쓸 수 있다. 문청 안에 이미 대가가 있을 수 있고 대가가 된 뒤에도 문청의 풋풋함을 고스란히 유지하는 경우도 있다. 좋은 시인의 조건은 나이나 관록에 의해서가 아니라 자기 시의 초심을 얼마나 오랫동안 훼손시키지 않고 밀고 가느냐에 달려 있다.

시인은 조급하고 엄살이 심한 몽상가들이다. 시의 대상은 바위처럼 묵묵한데 혼자 그 무념의 바위를 향해 밤새워 눈물의 연서를 쓴다. 님은 돌아서서 이미 저만큼 가고 있는데 시인은 그 자리에 서서 오래 님의 뒷모습을 보며 손을 흔들고 있다. 속은 갈가리 찢기면서도 님이 잘 가시도록 꽃을 뿌려주는 어리석은 사랑이다. 버림받은 자리에 망부석으로 붙박여 고개를 넘어간 님이 다시 그 고개로 돌아오리라고 믿는 가련한 사랑이다. 님은 물같이 까딱도 않는데 혼자 눈물 콧물을 찍어내는 청승맞은 사랑이다.

시인이 원하는 것은 완전한 사랑이 아니다. 시인의 성감대를 자극하는 것은 궁합이 잘 맞는 천생연분의 세계가 아니라 서로 어긋나서 삐걱거리는 불화의 세계다. 그 어긋나고 삐걱거리는 세계를 해체하고 조립하고 중재하고자 하는 욕망을 가진 존재가 시인이다. 그러므로 시인이 원하는 사랑은 나란히 가는 평행선이 아니라 힘겨운 줄다리기나 아슬아슬한 외줄타기이다. 놓친 기차가 아름다운 것처럼 실패한 사랑이 아름다운 법, 시인은 삐걱거리는 사랑에 불안해하는 것이 아니라 순탄한 사랑 앞에서 불안해한다. 시인의 사랑은 파국을 꿈꾸는, 파국을 전제로 한 사랑이다. 이것이 상처를 먹고 커야 하는 시인의 숙명이다.

　무엇이 시인다움인가? 크게 두 갈래로 답해 볼 수 있다. 남보다 과민해서 위기에 먼저 반응하는 예민한 촉수가 시인다움일 수 있고, 삼라만상의 온갖 사물들에게 무차별적인 가치를 부여하며 대화하는 것이 시인다움일 수 있다. 앞의 경우는 절규와 고발과 비탄의 색채를 띠게 될 것이고 뒤의 경우는 화해와 공존의 색깔을 띠게 될 것이다.
　지구상에는 제 이름을 알리지 못한 채 살다 간 무수한 무명시인들이 있었다. 가슴 저미는 몇 구절의 시를 흐르는 시냇물에 띄워 보낸 시인이 그 얼마나 많았을 것이며, 그것을 활자화하여 세상에 남기는 일의 부질없음을 알아버린 시인이 또 얼마나 많았을 것인가. 또 자신이 노래하고자 한 대상의 변죽만 울리고 만 것 같은 절망에 빠져 자신의 시를 찢고 불태워 버린 시인이 또 얼마나 많았을 것인가.

올곧은 시와 시인다움은 그렇게 폐기처분된 무수한 파지들 속에 있을지도 모른다. 그 시인다움의 대열에는 사람만이 존재하지 않는다. 저 광활한 대자연의 품속에 깃든 뭇 생명들 속에 천부적 시인이 그 얼마나 많았을 것인가. 아름답고 고운 자태와 색깔을 뽐내다 간 꽃과 나무, 부지런한 날갯짓의 새와 나비, 풀숲 언저리에서 쉼없이 노래했던 풀벌레들까지, 그들 하나하나는 이미 뛰어난 시인이었다. 그들이야말로 다른 것에 미혹되지 않고 오롯이 제 본성의 아름다움과 착함을 뽐내다 간 시인이었다.

시인은 과민한 존재여서 그의 탄성이 호들갑스러운 자기 옹아리에 머물 때도 있다. 과학의 척도로 인간의 정신세계까지 점검하고 조절할 수 있다고 믿는 시대에 시인의 절규는 현실 적응에 실패한 자의 엄살로 들릴 수도 있다. 인간과 자연의 희로애락을 담는 그릇으로 여러 가지 표현 양식이 폭넓게 자리 잡은 요즘 특히 시 같은 고답적인 장르는 경쟁력이 없을지도 모른다. 그러나 그럼에도 불구하고 시는 역시 유효하다. 앞으로 인간의 삶이 첨단의 혜택을 누리면 누릴수록 삼라만상의 미세한 내면의 움직임을 구체적으로 드러내는 일이나 나날의 절망 끝에서 한 오라기 희망의 빛을 건져 올리는 일에 시인들은 여전히 우직하게 복무할 것이고 그래서 세상이 낭떠러지로 추락하는 것을 막아줄 것이다.

그렇다고 그 과정이 어찌 일사불란하기만 하겠는가. 사람의 짧은 생도 시시각각으로 휘청거리면서 나아가듯이 시 역시 그 미세하고도 진중한 과업이 너무 힘들어 잠시 업무를 방기하거나 포기하기도 할 것이다. 그런 시대에 시의 생산이나 소비는 잠시 위축될 것이다. 지금이 바로 그때인지도 모른다. 지난 80년대의 시가 모든 촉수를 곤두세우고 전력투구한 시기였다면 지금 시는 헤진 일복을 손질하며 호흡을 가다듬고 있는 시기인지도 모른다. 주전에서 물러나 대기석에 앉은 선수에게 게임이 더 잘 보이듯 그동안 정신없이 뛰느라고 보지 못했던 과오들이 지금 비로소 보이기도 할 것이다.

길지 않은 사람살이 중간중간에 병과 파국의 고통을 주는 것도 그 때문일 것이다. 고속으로 질주해 가도록 내버려두면 얼마 못 가서 추락하리라는 것을 운명은 알고 있다. 운명은 그래서 일사불란하게 쾌속 질주하고 있는 우리의 뒷덜미를 낚아챈다. 곳곳에 구덩이를 파 놓기도 하고 다리를 걸어서 넘어뜨리기도 한다. 그렇게 매복된 위기를 단숨에 보기 좋게 피해 간 이들은 속도에 속도가 붙어 쾌재를 부르며 달려갔을 것이나,

대부분 머지않아 낭떠러지에 곤두박질할 것이다.

　시인과 좀 다른 위치에 배우가 있다. 배우는 남의 인생을 사
는 사람이다. 남의 인생을 잘 드러내기 위해서는 생면부지의
연극적 자아에게 자신의 자아를 내맡겨야 한다. 한 작품에서
다음 작품으로 넘어갈 때 잠시 빌려 쓰고 있던 연극적 자아는
되도록 빨리, 감쪽같이 내팽개쳐야 한다. 그것이 좋은 배우의
요건이다. 좋은 배우의 자의식 공간은 언제나 텅 비어 있을수
록 좋다. 그래야 이 인생에서 저 인생으로의 전환이 수월해진
다. 그렇게 시인과 배우의 길은 상반된다.
　시인은 하나의 시점, 그것도 자신의 눈길이 머문 한 지점만
을 오랫동안 바라보는 자이고 모든 타자를 자신의 내면에 되
비추어 내보낸다. 그것들은 자신의 눈과 귀와 입으로 쓰일 매
개체에 지나지 않는다. 배우는 대본에 그려진 타자의 삶에 집
중하고 시인은 변화무상한 자아의 떨림에 집중한다.

시의 여러 무늬

    시를 이루는 사유의 근간은 직관일까 통찰일까? 통찰이 전체를 살피는 데 있다면 직관은 대상을 빠르게 받아들이고 파악하는 찰나적 예지에서 나온다. 여러 갈래의 판단과 추리 과정을 거치는 사유의 힘에 기대는 통찰에 비해 날카롭고 예민한 촉수에 의해 촉발되는 직관은 섬광처럼 찰나의 순간만을 두드리고 간다. 그래서 직관으로 얻어낸 언어들은 그 순간을 놓치면 다시 잡기가 어렵다. 시적 발견은 불가해한 감수성을 기반으로 한 전무후무한 것이라는 점에서 직관에 가깝다.

    그것으로 시의 조건이 충분한가? 직관으로 얻어낸 발견은 불씨 같아서 발화를 촉발하는 스파크에 지나지 않고 그것으로는 지속적인 불길을 유지하기가 힘들다. 시가 직관을 넘어 통찰의 세계로 나아가야 하는 것은 이 때문이다. 시인들이 빠지기 쉬운 단순성과 단조로움의 약점도 여기에 한 요인이 있을 것이며 오늘의 시가 봉착한 위기 상황도 이런 직관의 시학에 한 원인이 있을지도 모른다. 화려하게 빛나 보이지는 않지만 자기 세계를 꾸준히 갱신하고 첨가하는 통찰의 자세가 필요하다.

시의 프리즘으로 바라본 세계는 낱낱의 존재와 낱낱의 현상들이 다 동등한 가치를 지닌다. 한 수도승이 사냥꾼에게 잡힌 새를 구하려고 새의 부피만큼 자신의 살점 일부를 떼어주었지만 저울은 계속 기울기만 했다. 결국 수도승이 자신을 전부 올려놓았을 때 저울이 수평을 이루었다고 한다.

시도 이처럼 모든 존재와 현상에 경중 없이 똑같이 반응하고 작용한다. 작은 풀잎의 흔들림이 우주적 파동으로 인식되는 까닭이 거기에 있다. 그래서 시의 눈으로 본 세계는 인정하고 수용하지 못할 것이 없고 견디고 넘어서지 못할 것이 없다. 그 어떤 상황과도 대치할 수 있고 반대로 그 어떤 상황과도 화해하고 동거할 수 있다. 시인이 시 쓰기의 고통을 감수하며 얻는 즐거움 역시 이런 것이 아니겠는가. 그래서 시인은 현재의 상황에 좌우되고 흔들리지 않는 혜안을 갖게 된 자이고 그 눈으로 본질을 보는 시야를 확보한 자이다. 피어나는 꽃에서 곧 다가올 낙화를 보고 떨어지는 꽃에서 내년 봄의 새싹을 본다. 불행과 행복, 행운과 불운은 둘이 아닌 하나이며 모든 상황은 각자가 가진 존재의 무게로 감당해야 할 피할 수 없는 과정이다.

세계의 존재들은 우리가 미처 다 간파하지 못한 오묘한 관계로 맺어져 있다. 시는 그것들의 존재를 알리고 그것들 사이의 관계를 밝히는 데 종사하는 일이기도 하다. 내가 넋 놓고 다른 것에 정신이 팔려 있는 동안에도 그것들은 서로 교접하고 있으며 또 무심한 나를 향해서 계속 말을 걸어오고 있다. 내가 그것을 놓치고 있을 뿐이다. 시인의 소임은 다른 이가 놓치고 있는 그 삼라만상의 말을 대신 받아 적는 일이다.

최근 자연 환경에 대한 사람들의 관심이 높아지고 있지만 그 역시 삼라만상과의 동등한 대화가 우선되어야 한다. 나무와 새들과 대화하는 것은 물론이고 못 쓰게 된 생활 쓰레기를 버릴 때도 그들과의 대화가 필요하다. 망가진 라디오와 부러진 의자와 대화할 줄 아는 사람은 그것을 함부로 취급하지 않을 것이다. 그것은 시가 가진 평등과 상생의 세계관과 맥을 같이한다.

시의 관점은 대체로 안에서 밖을 본다. 안은 안온하고 고요하고 보장된 공간이며 밖은 변화와 소요를 동반한 예측할 수 없는 세계이다. 가끔 따스한 햇볕이 내리쬐는 기분 좋은 세계로 비칠 때도 있지만 밖의 그 쾌적한 상황은 언제 눈비 오고 바람 부는 힐난의 상황으로 바뀔지 모른다. 그래서 시인은 너무 안온하고 고요해서 무력하기까지 한 안의 평화를 수시로 박차고 뛰쳐나갈 궁리에 골몰한다. 시인은 그렇게 일상으로부터 뛰쳐나간 존재이거나 언젠가는 그러려는 의지를 품고 그 결행을 망설이고 주저하는 자들이다.

시는 다른 무엇과의 갈등과 합일이기 이전에 자기 자신과의 갈등과 합일을 밑천으로 쓰여진다. 시인의 자아는 자신이 생산하고자 하는 시의 세계와 때로 갈등하고 때로 조우한다. 그 양자의 끌어당김과 물리침은 한창 사랑이 무르익어가는 두 연인처럼 적절한 불협화음을 동반할 때 더욱 팽팽하게 유지된다. 그 둘이 별다른 갈등 없이 쉽게 합일되기만 한다면 시는 낭만의 수렁에 빠질 위험이 있고, 늘 상반되기만 한다면 공허한 이미지들의 나열이 되기 쉽다. 그런 면에서 시인이 가진 70퍼센트의 끌어당김과 30퍼센트의 물리침은 모두에게 도움이 되는 배합비율이다. 70퍼센트의 끌어당김은 30퍼센트의 물리침 때문에 자주 절망하겠지만, 그 30퍼센트의 이율배반은 70퍼센트의 합일을 더 곤고하고 확실하게 유지시킨다. 그것을 시멘트와 물의 배합에 견주어도 좋으리라. 물은 시멘트의 미세한 입자들 사이를 파고들며 그들 사이의 결별을 종용하지만 그 핍박을 견디기 위해 시멘트의 입자들은 물을 끌어안으며 더 강하게 서로를 밀착시킨다.

두 갈래의 시가 있다. 절망의 시와 희망의 시가 있다. 절망의 시는 모든 불안과 파국을 앞질러 제시함으로써 위기를 조장한다. 안온한 현재를 들쑤시고 보장된 미래에 재를 끼얹고 덫을 놓는다. 희망의 시는 지치고 낙망해 이제 그만 그 자리에 주저앉으려는 이에게 한 바가지 시원한 생명수를 제공한다. 지금의 삶이 그대를 속일지라도 저 앞의 모퉁이만 돌아가면 환하고 따스한 새날이 펼쳐질 것이라 등을 두드린다. 그 두 갈래의 출발점은 서로 다른 듯하나 닿고자 하는 종착점은 같다. 비극적 정황으로서의 절망을 미리 제시해 희망에 대한 갈구를 한층 드높이는 것, 꺼져가는 희망의 불씨에 쉬지 않고 추임새를 넣어 그 불씨를 잉걸불로 되살려 놓는 것. 절망을 통한 변주는 세계가 너무 안일한 희망으로 들떠 있다는 인식에서 비롯되고 희망을 통한 변주는 세계가 너무 암울한 미궁 속을 헤매고 있다는 인식에서 비롯된다.

시가 지향하는 세계는 대부분 현실과는 동떨어진 낯설고 터무니없는 몽상일 때가 많다. 따지고 보면 몽상은 느닷없이 제

기된 세계가 아니라 인간이 세상을 향해 품었던 근원적인 사고였다. 해와 달과 같은 자연물, 가축 벌레 나무 풀, 비와 바람 같은 것들을 인격화하고 그것과 대화하던 옛 시절 민초들은 너나할 것 없이 모두 시인이었다. 인간에 한정하거나 인간을 중심에 두지 않고 삼라만상을 평등한 인격체로 인식했고 그럼으로써 새로운 사고방식과 논리를 싹틔우며 새로운 말하기 방식을 만들어냈다. 일자무식의 문맹이었지만 너른 대지를 향해, 비와 바람을 향해 주변의 가축과 사물을 향해 중얼거리던 어머니들의 언술이 시였다. 우주 만물이 자아내는 파장을 감지하고 지금은 부재하지만 오랜 염원을 담아 간구하던 자타일념의 갈망이 어떤 새로운 것을 만들어내던 힘이었다.

그런 교감을 가능하게 한 개념을 한 마디로 축약한다면 '이웃'이다. 삼라만상의 모든 사물들이 귀천과 서열을 벗어던지고 이웃으로 동등해지는 것, 시인은 그것을 먼저 깨친 자로서 이웃의 존재를 감지하고 인식하며 그들끼리의 소통에 중개자 노릇을 하거나 그들이 느낀 바를 증언하는 역할을 담당해 왔다.

시가 고통이 아닌 즐거움이 될 수 있는 것은 미천한 제 몸에서 실을 뽑아내는 누에의 기쁨처럼 고통이 고통의 모습을 띠지 않고 자신의 존재를 세우고 지탱하는 양식과 거처로 승화되기 때문이다. 상처가 단지 곪고 썩어가는 죽음과 상실의 징

후에 머무르지 않고 푸드득거리며 새롭게 날아오르는 비상의
조건이 되기 때문이다.

시의 발화 지점은 대체로 양 극단이다. 끌어당김과 물리침,
격정과 유유자적, 참여와 방관, 사랑과 분노, 다가섬과 물러
섬, 문명과 자연…. 시인은 병행할 수 없는 이 양 극단을 넘나
들며 현실의 우여곡절을 변주해낸다. 혈기에 찬 젊은 시인의
경우라면 끌어당김보다는 물리침, 유유자적보다는 격정, 방관
보다는 참여, 물러섬보다는 다가섬, 자연보다는 문명의 속성
에 더 치우칠 수 있겠으나, 그것을 거의 다 소진한 뒤, 그것의
속절없음을 알아버린 만년의 시인이라면 그 정반대의 자리에
가 있기도 할 것이다. 만년은 생의 비의가 축적된 충만의 시기
이기도 하지만 세상의 크고 작은 욕망을 날려 보낸 순백의 시
기이기도 하다. 그런 면에서 시는 청춘의 장르이자 노년의 장
르이다.
시는 이해되는 것이 아니라 스며드는 장르다. 그 어떤 설명
과 주석도 필요 없이 제 가슴 저 깊은 내부로부터 치밀어 오
르는 흥과 정과 한을 발산한다. 그것을 몸으로 나타내면 춤이
되고 소리로 내뿜으면 노래가 되며 말과 글로 표현하면 시가
된다. 이성이 아닌 감성의 결과물인 그것들은 어떤 논리로 포
장되거나 재단될 수 없는 독특한 성질을 갖는다. 이성이 아닌

감성은 만인에게 같은 무게와 빛깔로 평등하게 이해되고 전달
되지 않는다. 그것을 받아들일 마음자리를 비워 두었을 때, 그
것을 갈망하는 애타는 희구와 목마름이 있을 때 비로소 행복
하게 조우한다. 그래서 어떤 이에게는 아무 쓸모없는 말의 나
열이 되고 과민한 기우에 불과한 호들갑이 되기도 하겠지만
또 어떤 이에게는 가슴을 두드리고 데우는 강렬한 동기가 되
기도 한다.

다른 시, 닮은 시

예술작품에서 받는 감동은 지극히 주관적인 것이어서 다른 이와 공유할 수 없는 경우가 많다. 매주 시 한 편씩을 같이 읽는 한 학기 강의를 마치며 학생들에게 어느 시가 가장 좋았느냐고 물어보면 일치하는 경우가 거의 없다. 감동은 그만큼 중구난방이다. 다수가 합의한 진실에 의해 작동되는 것이 아니라 지극히 개인적이고 사소한 요인들인 감정에 의해 작동되기 때문이다. 왜 그것이 좋으냐고 묻거나, 그것을 한 개인의 가치관과 연결해 보는 일은 대부분 무모하고 어리석다. 느낌이나 감동 같은 것은 돌발적이고 변덕이 심한 것이어서 일관성을 부여하기 힘들다. 아침에 좋았던 것이 저녁에 다시 보면 형편없을 수도 있고 자신의 감정 상태나 날씨 변화에 따라 그 강도가 달라질 수도 있다. 충동과 다양한 감정의 기복에 의해 생산되는 시나 음악 같은 장르가 특히 그러할 것이다.

나는 나와 비슷한 경로를 밟아 완성된 시보다 나와는 다른, 그래서 좀 낯설게 여겨지는 시들을 좋아한다. 나의 시는 이럴 때도 있고 저럴 때도 있어서 딱히 어떤 경향이라고 짚어 말할 수는 없으나 대체로 나와 너를 아우르고자 하는 합일의 욕구가 강한 편이다. 상반된 두 속성 사이의 갈등을 드러내고 있는 경우에도 희구하는 바는 결국 그 둘의 화해와 합일에 맞추어져 있다. 그것이 서정시의 보편적인 행로이고 그래서 다소 진부하게 여겨지기도 하지만 거기서 멀리 도망갈 수 없는 게 내 시의 성품이요 팔자다. 그것이 답답하고 시시껄렁하게 여겨질 때가 한두 번이 아닌데 그럴 때 꺼내 읽는 시들이 있다. 살얼음을 딛듯 조심조심 걷고 있는 나의 시에 비해 그 시들은 당당하게 성큼성큼 나아간다. 토씨 하나에도 마음이 쓰여 자주 뒤를 돌아보는 나의 시에 비해 그것들은 쭉쭉 달음질쳐서 끝에 닿는다. 모름지기 시인은 그렇게 극한에 먼저 당도한 자일 것이다. 더 이상 나아갈 수도 물러설 수도 없는 한계상황에 먼저 당도해 세계의 불화를 먼저 말하는 자일 것이다.

세계의 불화를 감지한 시인의 발언은 두 가지 형태로 발설된다. 한쪽은 희망을 말하고 다른 한쪽은 희망을 박살낸다. 막다른 길에 먼저 당도했으나 그렇기 때문에 더욱 희망의 끈을 찾으려고 하는 것이 앞의 처지라면, 더 호들갑을 떨며 세계의 종말을 고자질해 독자를 각성시키고자 하는 것이 뒤의 처지다. 두 경우 모두 난감하기는 매한가지이다. 희망에 대한 간절한 열망 또한 매한가지이다. 그렇지만 독자를 건드리는 강도는 후자가 훨씬 강렬해 보인다. 전자가 점진적인 개선을 유도하는 내과적 처방이라면 후자는 환부를 들어내는 외과적 처방이다. 이렇게 세계를 축조하는 시와 세계를 박살내는 시가 있다. 끌어안고 달래는 시가 있는 반면 체면을 집어던지고 웃통을 벗어던지고 속 시원히 세계와 맞서는 시가 있다.

사람에게는 쌍둥이 콤플렉스 같은 것이 있어서 자기와 비슷한 성향을 가진 사람을 물리치려는 경향이 있다. 그래서 자신과 비슷한 용모를 가졌거나 같은 이름을 가진 사람을 만나면 곤혹스러워한다. 같은 취미나 같은 어려움에 직면해 있는 사람을 만날 때의 동병상련과는 조금 다른 파장이다. 취미나 어려움은 함께 나눌 수 있지만 용모나 성격의 유사성은 양극과 양극, 음극과 음극이 만났을 때처럼 서로를 물리치고 밀어낸다. 그것은 나누어 가짐으로써 무게가 가벼워지는 만남이 아니라 자신이 지고 있는 무게 위에 상대의 것을 더 얹어 그 무게가 배가되는 만남이다.

시를 포함한 모든 예술은 앞의 것을 답습하지 않고 앞의 것을 닮지 않으려는 노력의 산물이다. 예술가에게 있어 성공작은 아마도 누구하고도 닮지 않은 유일무이한 가치와 그 완성도에 있을 것이다. 그러므로 누구에게 영향을 받았다고 실토하는 일은 창작자들에게 위험한 고백이 될 수 있다. 그 영향이라는 것은 때맞추어 불어준 훈풍과 같이 시시각각 나를 스치고 지나간 것들이지 영구불변의 우뚝한 표상은 아니다.

복잡한 구조와 굴곡의 일상을 살다 가는 한 인간을 흔들어 놓는 대상은 위대한 인물이 남긴 업적뿐 아니라 무심결에 스쳐간 삼라만상일 수도 있다. 작은 산들바람, 그것을 타고 자신의 어깨 위로 떨어져 내린 잎 하나가 자신의 생을 흔들어 놓을 수도 있고, 시골 촌로가 무심결에 내뱉은 말이 오랫동안 자기 생의 반려가 될 수도 있다. 때로는 향기로운 덕담이 아닌 서슬 퍼런 악담이 좋은 나침반이 되기도 한다.

백석의 시가 나에게는 큰 나침반이었다. 그의 시는 푸른 시절에 만난 것이 아니라 몇 번을 쓰러지고 일어났던 마흔 고비에 비로소 만났다. 팔팔한 시절에 백석을 읽었다면 무슨 시가 이리도 궁상맞담, 하고 흘려버렸을지도 모르겠다. 그것이 백석과 나의 차이일 것이다. 백석은 자신의 생과 그 주변의 그늘을 한 아름 안고 가는 영민함이 있었고 나는 그것을 물리치고 빠져나오려고 한 우둔함이 있었다.

오십 년쯤의 시차를 두고 백석은 '너무도 많이 뜨거운 것으로 호젓한 것으로 사랑으로 슬픔으로 가득'차서 그 변방을 거닐었다. 백석이 그리워한 가족은 인간이 형성하는 집단의 가장 기본이 되는 공동체다. 식물과 동물, 그 밖의 생명 있는 미물들이 그러하듯이, 그것들보다 더 절실하게, 그것들보다 더 적극적으로, 한 울타리의 가족 공동체를 열망하고 실현한다. 그것은 아마 인간이 가장 먼저 생의 속절없음을 알아버렸기 때문일 것이며, 가장 먼저 스스로의 한계를 자각했기 때문일 것이다.

다른 동식물에 비할 수 없는 복잡 미묘한 감정을 가진 인간, 사랑과 미움, 이해와 질시, 용서와 증오의 두 얼굴을 가진 인간의 감정을 순화하고 다스리는 것도 가족 공동체의 힘이다. 사랑과 이해와 용서의 마음을 배가시키는 것, 미움과 질시와 증오의 마음을 억눌러 소멸시키는 것이 가족공동체의 힘이다. 가족이라는 울타리 안에서 이해하고 용서하지 못할 것이 없다.

오늘 저녁 이 좁다란 방의 흰 바람벽에
어쩐지 쓸쓸한 것만이 오고 간다
이 흰 바람벽에
희미한 십오촉十五燭 전등이 지치운 불빛을 내어던지고
때글은 다 낡은 무명샤쯔가 어두운 그림자를 쉬이고
그리고 또 달디단 따끈한 감주나 한잔 먹고 싶다고 생각하
는 내 가지가지 외로운 생각이 헤매인다

그런데 이것은 또 어인 일인가

이 흰 바람벽에

내 가난한 늙은 어머니가 있다

내 가난한 늙은 어머니가

이렇게 시퍼러둥둥하니 추운 날인데 차디찬 물에 손은 담
그고 무이며 배추를 씻고 있다

또 내 사랑하는 어여쁜 사람이

어느 먼 앞대 조용한 개포가의 나지막한 집에서

그의 지아비와 마주 앉어 대구국을 끓여놓고 저녁을 먹
는다

또 어린 것도 생겨서 옆에 끼고 저녁을 먹는다

그런데 또 이즈막하야 어느 사이엔가

이 흰 바람벽엔

내 쓸쓸한 얼굴을 쳐다보며

이러한 글자들이 지나간다

─나는 이 세상에서 가난하고 외롭고 높고 쓸쓸하니 살어
가도록 태어났다

그리고 이 세상을 살아가는데

내 가슴은 너무도 많이 뜨거운 것으로 호젓한 것으로 사랑
으로 슬픔으로 가득찬다

그리고 이번에는 나를 위로하는 듯이 나를 울력하는 듯이

눈짓을 하며 주먹질을 하며 이런 글자들이 지나간다

　—하늘이 이 세상을 내일 적에 그가 가장 귀해하고 사랑하는 것들은 모두 가난하고 외롭고 높고 쓸쓸하니 그리고 언제나 넘치는 사랑과 슬픔 속에 살도록 만드신 것이다

　초생달과 바구지꽃과 짝새와 당나귀가 그러하듯이

　그리고 또 '프랑시쓰 쨈'과 '도연명陶淵明'과 '라이넬 마리아 릴케'가 그러하듯이

— 백 석「흰 바람벽이 있어」

상처는 어떻게 치유되는가

시는 내 게으름의 핑곗거리

어느새, 살아갈 날이 얼마 남았을까 가늠해보는 처지가 되었다. 구차하게 늙은 사람을 보며 나는 절대 저 지점까지는 가지 않으리라 다짐했던 시절이 있었다. 주어진 시간이 짧은 것에 절망한 것이 아니라 주어진 시간이 어마어마하게 많아 보여 절망했었다. 도대체 새털같이 많은 이 날들을 어떻게 소일한단 말인가. 날마다 어김없이 떴다 지는 해를 무슨 낯짝으로 맞이하고 보낸단 말인가. 무슨 생각 무슨 짓거리를 하며 이 많은 낮밤을 살아낸단 말인가. 무수하게 줄서서 기다리고 있을 빈 밥그릇을 어떻게 다 채워 넣는단 말인가. 나를 향해 쏟아질 멸시와 반목과 야유, 간혹 길을 잘못 드는 바람에 나에게 배달

될 물거품의 격려와 찬사를 어떻게 받아넘긴단 말인가.

소년기에 접어들 무렵 나를 절망하게 한 것은 이렇다 하게 하고 싶은 것도 이루고 싶은 것도 없다는 것이었다. 정말이지 그 시절 나에게 부여된 시간은 잘못 배달된 어마어마한 화물이어서 어떻게 해볼 엄두가 나지 않는 처치 곤란한 숙제였다. 나는 그것을 개봉해볼 엄두조차 내지 못하고 매일같이 도착하는 정체불명의 화물에 깔려 거의 압사할 지경에 이르러 있었다. 시시각각 나에게 도착해 긴 줄을 이루고 있는 질문들 앞에서 전전긍긍할 뿐이었다.

소년 시절의 내가 즐겨한 것은 틈만 나면 어두워지는 저녁 거리를 하릴없이 쏘다니는 것이었다. 얼쩡대고 머뭇거리는 게 좋았다. 타고난 성미에다 이 후천적 취미가 더해지니 나는 매사에 느리고 굼떴다. 그래서 자주 지각생으로 교문 앞에 벌을 서야 했지만 그 벌이란 게 조금도 나를 개조시키지는 못했다. 그런 나의 증세는 점점 악화되어 나의 중요한 습성이 되었다. 점점 숙련되어 나의 손발이 되고 나의 입과 귀와 콧구멍이 되었다. 떨어질 수 없는 나의 실체가 되었다. 천하에 아무 쓸모 없는 것들과 동맹을 맺고 보니 걸핏하면 불평 불만을 터뜨리게 되었다. 세상은 왜 이리 줄창 바쁘기만 한 것일까? 왜 저렇게 아무 것도 아닌 일에 목숨을 걸고 핏대를 올리는 것일까? 나는 저 아수라장을 어떻게 지나가야 할까?

지금도 나는 세상이란 좀 과도하게 설정된 목표가 있고, 그것에 도달하기 위해 허덕거리고, 그 목표에 도달하자마자 보다 높은 목표를 설정하거나 또 다른 목표를 찾아 동분서주하는 일의 연속이라는 생각을 하고 있다. 그 진퇴양난에서 벗어나기 위해 내가 선택한 알리바이가 게으름이었을 것이다. 그 게으름을 벗 삼아 그 게으름을 무기로 그 게으름에 힘입어, 어쨌든 나는 여기까지 올 수 있었다. 시는 나에게 그 게으름의 핑곗거리요 보상이었다.

시는 무일푼의 알리바이

예순의 나이를 어마어마한 고령으로 생각한 적이 엊그제 같은데 이제 그만 내가 덜컥 그 지경에 처하고 말았다. 그러고도 무사태평으로 살고 있으니, 나란 놈 참 뻔뻔스럽다. 나는 이런저런 잡다한 생각만 있을 뿐 실행이 없는 인간이다. 한 생각은 다른 생각에 파묻히거나 곧 망각 저편으로 사라지는 것이어서 생각을 굳이 부여잡을 필요는 없었다. 대체로 그 녀석이 가는 것을 물끄러미 바라보기만 하였다. 가지 말고 조금만 더 있어보라고 애걸하지도 않았다. 나의 죄는 그것이었다.

나는 대체로 생각뿐이었다. 꼬리에 꼬리를 무는 기승전결의 구조가 아니라 앞뒤가 없는 파편의 연속이었다. 그래서 어찌라고? 이런 질문이라도 던져야 했지만 그러지 못했다. 그 바람에 그 씨앗들이 놀라 저절로 발화해 날아갈까 봐 숨죽여 바라보기만 하였다. 먼 다른 곳을 보는 척했다. 그것들의 쫑알거림을 몰래 엿듣고 훔쳤다. 나는 이미 그런 짓거리로 무수히 많은 시간을 허비했다.

시는 그러니까 그 짓거리를 은닉하고 용서받는 절묘한 알리바이였다. 그것만으로 내 시는 이미 본전을 다 건졌다. 애초에 들인 밑천이 게으름과 두서없는 망상 따위였으니 본전이랄 것도 없다. 어눌한 내 시는 그러므로 횡재에 가깝다. 시간을 투자했다고 말할 수도 있겠으나 어차피 허송세월에 불과한 시간이었다. 시를 건질 욕심에 세상의 모퉁이와 변두리를 기웃거리기는 했으나 그 공력은 사실 값어치가 거의 없는 것이었다. 땀 흘려 힘을 쏟은 것도, 시간을 많이 들인 것도, 돈을 투자한 것도 아니었다. 자주 헛걸음을 하긴 했으나 백일 정성으로 기다린 것이 아니었으므로 큰 손실은 아니었다.

그저 그것들은 불현듯, 느닷없이, 우연히, 다른 옷을 갈아입고 왔다. 나는 그중 몇 개의 실오라기를 낚아채기만 했을 뿐이다. 그 길에서 이루 다 헬 수 없는 것들을 만나고 이루 다 헬 수 없는 것들을 엿보고 엿들었다. 할 줄 아는 게 없어서, 그래도 신명 내 할 수 있는 걸 찾다가, 좀 더 정확하게 말하면, 하고 싶은 게 없어서 그래도 하고 싶은 걸 찾다가 걸려든 게 시였다. 미끼도 없는 내 낚싯줄에 걸려들 것이라곤 애초에 시밖에 없었는지도 모른다.

한때는 소설을 써보려고 도서관에 가서 매일 소설책을 읽었으나 나의 체력과 심보는 지속적인 일을 하기에 적절치 않았다. 나의 감정과 체력은 장거리 달리기엔 적절치 않았다. 쉽게 싫증나고 지치고 하품이 나고 졸음이 밀려왔다. 변덕이 죽 끓듯 하는 심사를 잠시 잠재워 놓고 그놈이 깨기 전에 후다닥 해치울 수 있는 일이란 두서없는 몇 줄 시밖에 없었던 것도 같다. 긴 공력이 없어도 되는 일이고 수틀리면 언제든 폐기처분 할 수 있었다. 하다가 구겨버리고 하다가 지워버리고 하다가 내팽개쳐도 크게 본전 생각이 나지 않았다. 그 시절 내 안에 들어와 나를 점령해버린 허무라는 녀석에게도 덜 눈치가 보였다.

뭔가 그럴듯한 일을 하겠다고 덤비면 녀석이 질투하거나 해꼬지를 할 게 뻔하지 않은가. 시는 녀석에게 아무 경쟁 상대가 되지 못했을 것이다. 어슬렁, 휘적, 흘깃, 보는 둥 마는 둥, 생각하는 둥 마는 둥, 쓰는 둥 마는 둥, 없는 듯 있는 내 시에게 어느 누가 위기의식을 느끼겠는가. 맞장을 뜰 경쟁상대로 여기겠는가. 녀석은 온갖 변덕을 부려도 탓하지 않을 것 같아 좋았다. 무엇보다 무슨 지대한 영향력을 가진 것처럼 거들먹거리지 않아 좋았다. 나의 허튼 수작으로 읽는 이의 심기를 언짢

게 할 위험성이 적어 보여 좋았다. 알아챌 몇몇 사람들만 괴롭히면 되는 것이어서 좋았다. 그러면서도 내가 지금 무슨 짓거리인가를 하며 살고 있다는 최소한의 자의식을 주어 좋았다.

그 정도의 보상이면 충분했다. 덧없이 세월은 가버렸고 나는 똥인지 밥인지도 모르고 무슨 말인가를 주절대며 왔다. 이제 와 어쩌겠는가. 되돌릴 수도, 없었던 일로 감쪽같이 파묻을 수도 없지 않은가. 결국 지울 수 없는 회한을 남겨줄 것이지만 나의 시는, 새털같이 많은 날들을 소일하게 한 싫증나지 않는 해작질이었다. 빈털터리, 몇 개의 딸랑대는 동전, 급기야 빈 호주머니…, 그런 빈궁과 허무, 고독과 적요의 시간과 함께 나를 연명하게 한 힘이었다.

아무것도 없고 아무 짓 하지 않아도 되었으므로 시와 나는 죽이 잘 맞았다. 정 심심해 주리를 틀면 몇 줄 토막 난 말을 던져주면 곧 잠잠해졌으므로 좋았다. 생각보다 온순하고 착한 놈이어서 좋았다. 땡전 한 푼 없어도 할 수 있는 일이어서 좋았다. 땡전 한 푼 없어야 더 잘 되는 일이어서 좋았다.

땡전 한푼 없이 비가 내린다 비가 내리고 오늘은 실직의 바람이 분다 동에서 남으로 새들은 지저귀고 꽃들은 생기발랄하다 한 푼 뉘우침의 빛도 없이 신문의 활자는 엎드려 중얼댄다 엎드려 이 와중에도 부동산은 힐끔힐끔 눈치를 살핀다 눈

치를 살피다니 오 아름다운 우리의 산과 들 눈치를 살피다니
팔십년대는 재빠른 스타트를 끊었다 이미 가슴이 설레기 시
작했다 보무도 당당하게 국민소득은 높아가고 하룻강아지
범 무서운 줄 모르는 하늘만 여전히 푸르다 뒤도 돌아보지
않고 다시 새들은 지저귀고 생기발랄하게 민주는 꽃 핀다 꽃
지고 땡전 한푼 없이 벚꽃은 피고 흰꽃 이파리에 가려 우리는
다정다감하다 명상에 젖어 혀 꼬부라진 소리로 안심하는 이
저녁에 땡전 한푼 없이 바람은 불고.

—「이 저녁에 땡전 한푼 없이」

시는 찬물 한 사발

상처는 달래고 약을 바른다고 물러나는 게 아니라 그보다
더한 것 앞에서 치유되는 것인가 보다. 내 인생이 왜 이러냐
고 원망과 한탄을 늘어놓던 사람도 자신보다 더한 상황에 놓
인 경우 앞에서는 잠시 제 짐을 내려놓고 눈시울을 붉히지 않
던가. 나 역시 그랬던 것 같다. 십 대 중반에 찾아온 허무는 좀
처럼 나를 놓아주지 않았고 무작정 가출해 굶주린 채 밤길을
걷던 나는 질주하던 군용차에 치였다. 수술 후 겨우 깨어난 내
몸은 발끝에서 가슴까지 딱딱하고 견고한 석고붕대에 결박되

어 있었다.

마취에서 깨어난 나는 너무 배가 고팠고 병원 허드렛일을 하던 내 또래 소녀가 떠먹여주던 흰죽을 몇 차례 연거푸 청해 받아먹었던 기억이 난다. 허기는 사춘기 소년에게 엄습한 생의 허무보다 몇백 몇천 배 더 힘이 센 놈이었다. 허무는 그러니까 장신구 같은 것이었다. 있어도 그만 없어도 그만이었다. 서산 너머로 펼쳐진 노을은 그것을 바라보는 사람을 잠시 압도하지만 초라한 그 사람의 잔영과 함께 곧 어둠 속으로 사라질 뿐이었다. 하지만 삶의 허기는 내가 어찌해볼 수 있는 게 아니었다. 어린 나에게 엄습했던 생의 허무는 너무 이른 너무 과한 장신구였다.

그렇게 세 번의 수술을 견디며 조각 난 뼈가 붙기를 기다렸다. 병실 창밖으로 체육과 교련 수업을 받는 학생들의 함성과 선생님의 구령과 호각 소리가 교차했지만 석고붕대에 갇혀 천정과 벽만 바라보고 있던 나는 운동장을 내려다볼 수 없었다. 그것은 당연한 형벌이었다. 그렇게 나는 두 계절 동안 하얀 벽과 대면했다. 병실 벽면은 왜 모두 하얀색일까? 파랑이나 빨강이면 안 될까? 하얀색을 지겹도록 마주하고 있는 사이 나는 별생각을 다했다. 당연히 점점 하얀색이 싫어졌다. 그건 침묵이고 정지고 고요였다. 과장된 순결이었다. 너무 넓게 견고하게 내 앞에 제시된 백지였다. 하루 종일 나를 압박하는 넓은 답안지였다. 정답은 아니지만, 백 퍼센트 오답이지만 거기에 나는 무엇인가를 그려 넣어야 했다. 기나긴 반성문을 제출해야 했다.

하지만 나는 한 줄의 반성문도 쓰지 못했다. 무엇을 반성하란 말인가. 생은 아무 동의 절차도 없이 나를 세상에 내보냈다. 어떡하란 말인가. 아무 지침도 아무 자산도 없이 혹독한 세월만 쥐어 내보낸 비정하고 얄미운 운명을 어떻게 수락하란 말인가. 그러니 아무 말도 떠오르지 않는 것은 당연했다. 나는 처음부터 잘못 내려진 것이었고 엉뚱한 곳에 내린 죗값을 치르고 있는 중이었다. 스님들의 면벽 수행에 버금가는 긴 고행이었다.

그 여파였는지 나의 청춘은 우울하고 어둡고 적적했다. 스무 살 넘도록 나는 죽음을 생각하고 있었다. 친구에게 올라가는 완행열차 차비만 얻어 밤차를 탔다. 돌아오지 않을 생각이었다. 전날 저녁, 마지막이 될지도 모르는 밤을 집에서 보내며 차고 있던 시계를 벗어 동생에게 끼워주었다. 아직 말짱한 시계를 왜 벗어주느냐고 동생이 휘둥그레 나를 바라보았다. 미안하다 아우야, 너는 나처럼 허둥대지 말고 바른 시간을 바르게 살아가거라.

내가 바랐던 것은 위안이나 구원이 아니었다. 나는 절망의 바닥까지 내려가고 싶었다. 그러나 그것이 얼마나 염치없고 과분한 욕심인지를 알게 되었다. 무겁고 무거운 업을 떠받들고 있는 개심사 종각의 네 기둥은 그것을 지고 가느라 사지가 비틀리고 굽어 있었다. 그러면서도 만방을 향해 맑은 종소리를 내보내는 종각 앞에서 나는 한참 동안 눈물을 흘렸다.

절망은 희망의 허울을 덮어쓴다고 해결되지 않는다. 화사한 희망의 색과 대비되면서 몰골이 더더욱 초라하게 보일 뿐이다. 절망과 희망은 협상하고 화해하거나 거래를 트거나 하나로 섞일 수 없는 것이어서 가까이 두면 분란만 일으킬 뿐이다. 절망을 몰아내는 방법은 단 하나, 더 깊은 절망을 들이대는 것이다. 저와 버금가거나 그보다 더한 고통 앞에서라야 절망은 비로소 긴장을 풀고 몸을 낮춘다.

그해 개심사 종각 앞에서 나의 절망은 그렇게 치유되었다. 구부정한 사지로 무거운 업을 겨우 버티고 있는 저 종각에 비한다면 내가 짐 진 이승의 죄는 아무것도 아니었다. 정말 아무것도 아니었다. 이쯤에서 돌아보니 알겠다. 내가 어루만져주었다고 생각한 것들, 쓰다듬어주었다고 생각한 것들 모두, 실은 내가 그것들을 쓰다듬고 어루만진 것이 아니라 그것들이 나를 쓰다듬고 어루만졌다는 사실을. 내가 본 풍경들이 나를 치유하고 있었다는 사실을.

무거우면 무겁다고 진즉 말씀을 하시지 그러셨어요

이제 그만 이 짐 내려달라 하시지 그러셨어요
내가 이만큼 이고 왔으니
이제부터는 너희들이 좀 나누어 지라고 하시지 그러셨어요
쉬엄쉬엄 한숨도 쉬고 곁눈도 팔고
주절주절 신세타령도 하며 오시지 그러셨어요
등골 휘도록 사지 뒤틀리도록 져다 나른 종소리
지금 한눈팔지 않고 저 먼 천리를 달려가고 있습니다
뒤틀린 사지로 저리 바쁘게 달려가는 당신 앞에서
어찌 이승의 삶을 무겁다 하겠습니까
고작 반백 년 지고 온 이 육신의 짐을
어찌 이제 그만 내려달라 하겠습니까

—「개심사 종각 앞에서」

포만이라는 적

　이제 까마득한 옛일이 되었지만 수시로 되살아나는 기억이 있다. 스무 살 무렵이었다. 손전화는 고사하고 유선 전화도 귀했던 시절, 개인의 통신 수단이라고는 편지나 전보가 고작이었다. 마음에 불덩이 하나씩을 안고 살았던 그 시절, 이런저런 경로로 좋은 시를 만나면 책 뒷면에 나와 있는 주소로 편지를 쓰거나 물어물어 집까지 찾아가기도 했다. 허탕을 치는 일도 있었고 용케 만나져서 꽤 오래 우정을 나누는 경우도 있다. 그런 인연의 매개가 되어준 그 시절의 책자는 지금의 인쇄술에 비하면 너무나 볼품없는 것이었고, 그중에는 철필로 긁어 등사한 것도 많았다. 그런데도 눈을 빛내며 그것들을 샅샅이 읽고 귀하게 소장했다. 여러 차례 이사를 다니면서도 그중 몇 묶음은 차마 버리지 못하고 아직 가지고 다닌다. 가난했던 시절의 다짐들이 그대로 배어 있는 것이어서 가끔 그것들을 어루만지고 있으면 다시 가슴이 더워진다.

내게 있어 문학에 대한 열정은 주어진 여건과 반비례했다. 하라는 공부는 않고 쓸데없는 책만 본다고 타박하던 어머니의 눈을 피해 읽었던 책이 아직 기억에 남아 있고 그 귀퉁이에 적어놓고 완성하지 못한 습작들이 놓쳐버린 불후의 명작처럼 아쉽다. 소설가 박완서 선생은 전쟁통에 읽을 게 없어 사방 벽에 도배된 신문을 돌아가며 다 읽었다는 이야기를 하신 적이 있다. 거기에는 미치지 못하지만 나의 70년대 역시 간절한 그 무엇이 있었고 그 열정을 지속시킨 동력은 허기였다. 어쩌다 수북하게 담긴 고봉밥으로도, 사방 빽빽하게 꽂힌 도서관의 책으로도 야간통금시간에 쫓기며 마신 술로도 채워지지 않던 허기. 시의 미덕 중 하나인 치열성은 이 허기에서 시작될 것이다.

그렇게 본다면 시의 적은 과잉이다. 지금 우리 시가 구가하고 있는 환경은 풍요를 넘어 범람에 가깝다. 시 같은 걸 써서 장차 이 험한 세상 뭘 먹고 살아갈 거냐고 타박하던 어른들도 없고, 책 사 볼 돈이 없어 서점 진열대 앞에 서서 눈치껏 보고 싶은 책 몇 줄을 읽고 나오거나 헌책방을 전전하지 않아도 되는 형편이 되었다. 하지만 그렇게 획득한 이 풍요는 간절한 무엇, 열렬한 그 무엇을 앗아가 버렸다. 결여와 억압과 상실이 교차하던 시절에는 힘들고 가난했으나 그 무엇과도 바꿀 수 없는 신명이 있었다. 마음껏 밖으로 분출할 수 없었던 신명은 부정과 저항의 시로 첨예하게 점화되었다. 멀리 갈 것도 없이 1980년을 전후한 뛰어난 저항시들이 그것을 증명한다.

　모처럼 도심에 나와 빼곡하게 사람들을 싣고 달리는 전동차를 타고 가며 엉뚱한 상념에 빠졌다. 내가 사는 이 도시에도 시인이 천 명쯤 된다는데 이 전동차에도 지금 시인 한두 명쯤은 타고 있지 않을까 하는 생각. 사람들 틈바구니에 꼼짝달싹 못하게 묶여 인상을 구기고 있는 저 아주머니, 조금 전 필사적으로 인간장벽을 뚫고 탈출한 그 초로의 아저씨가 시인일지도 모른다는 생각을 한다. 그만큼 시인이 많은 나라가 되었는데도 대부분의 사람들은 아직 시인을 평범하게 받아들이지 않는 것 같다. 예전에는 현실에 안주하지 않는 이상주의자로 대우했지만 이젠 아무짝에도 쓸모없는 허영심으로 가득찬 유별난 부류쯤으로 여기는 경우도 많다. 시의 소용을 연애편지가 유효했던 시절의 장식품쯤으로 생각하는 사람들도 있다. 노래를 시키듯 술자리에서 시 한 수 읊어보라는 청을 넣기도 한다. 덜떨어진 시인을 향한 날선 야유인 것만 같아 얼굴이 화끈거린다. 손에 꼽을 만한 두세 권의 시집, 더 나아가 단 한 권의 유고시집으로 남았던 선배시인들에 비해 우리는 지금 얼마나 많은 시집을 남발하고 있는가. 얼마나 많은 동어 반복으로 자기 표절을 거듭하고 있는가. 세상은 걷잡을 수 없는 속도로 망해가는데, 나는 말장난으로 허명을 구걸하고 있지는 않는가.

시는 참다 참다 도저히 더는 참을 수 없어 터져 나온 몇 마디 말이면 충분하다. 그렇게 영혼을 바쳐 빚은 것이어야 안하무인 돌덩이가 된 저 견고한 아집들을 무장 해제시킬 수 있다. 여러 정황을 감안할 때 지금 나의 시는 결여가 아닌 과잉으로 죽어가고 있다. 나는 나에게 물어야 한다. 나는 처음 그때처럼 간절한가? 쓰지 않고는 견딜 수 없는 그 무엇이 있는가? 대가를 바라지 않는 순정한 무엇이 있는가? 불덩이가 있는가? 매운 채찍이 있는가? 날카롭게 번득이는 칼날이 있는가? 저 허다한 아픔을 덮어줄 더운 가슴이 있는가?

인류의 종말이 그러할 것이지만 시의 종말 역시 결여가 아닌 과잉으로 찾아올 것이다. 나는 다시 가난해져야 한다. 한마디의 말, 한 줄의 노래를 찾아 사막을 걸어갈 각오를 해야 한다. 유일무이한 것, 작정하고 궁글리고 조합해서 완성된 것이 아닌 저도 모르게 터져 나온 몇 줄의 노래. 그렇게 본다면 지금 나의 시는 절정의 언어가 아닌 꾸역꾸역 쑤셔 넣은 포만을 이기지 못해 반복하는 딸꾹질에 가깝다. 시의 범람, 시인의 범람…. 나는 어떤 기득권도 가지지 않은 적빈의 상태로 돌아가야 한다.

시의 적이 과잉이듯이 지금 당면한 인간의 위기도 과잉에서 비롯될 것이다. 끝없이 확대 재생산되는 욕구에 포위되어 익사 직전까지 와 있다. 범람하는 급물살을 따라 낭떠러지를 향해 달려가고 있다. 시가 추구하는 세계는 본래 크고 높고 화려하고 빠르고 시끄러운 것이 아니었다. 오히려 그것들을 피해 그것들을 물리치며, 그것들을 넘어서는 세계였다. 작고 적고 낮은 것의 가치, 약하고 여리고 조용하고 느린 것의 미덕을 발견하며 함께 조화를 이루는 세계를 꿈꾸었다. 그런 면에서 시는 흔히 말하는 사양 산업이 아니라 우리 시대가 필요로 하는 권장 산업이 될 요건을 충분히 갖추고 있다.

무척 풍요로워 보이지만 사실은 빈궁하고 아픈 나날, 내 시의 바람직한 동력은 눈물이다. 윤활유 역시 눈물이다. 가슴이 더워지고 콧등이 시큰해지며 더는 참을 수 없이 솟아나는 눈물 몇 방울. 그러나 그즈음에서 멈추게 하는 것, 자아도취, 엉엉 소리 내어 울거나 눈물 콧물이 줄줄 흐르게 놔두는 바람에 주체 못할 감정에 빠져 익사하게 해서는 안 되는 것, 나에 대해 세상에 대해 긍휼함을 잃지 않는 것, 눈물의 양과 순도와 질량과 온도가 적절한지를 끊임없이 가늠해보는 것. 그래서 무작정, 아무 데서나, 오래, 자주 우는 것은 바람직하지 않다. 한 번 울었던 곳에서 또 우는 것도 바람직하지 않다. 남이 보는 데서, 보란 듯이, 남들도 울어주기를 강요하며 우는 것도 바람직하지 않다. 눈물의 값어치와 보상을 생각하며 우는 것도 바람직하지 않다. 나는 지금 울고 있는가? 적절한 때 적절한 곳에서 잘 울고 있는가? 나에 대해 너에 대해 우리에 대해 잘 울고 있는가? 이런 자아비판을 멈추지 않아야 한다.

눈물 한 방울 없이 나는 그 이야기를 다 들었다 철철 넘쳐 흐르던 눈물이 마르다니, 나는 이제 사람도 아니다 눈물이 한숨이 어느새 다 빠져나간 담담한 응시, 나는 이제 빈껍데기만 남았다 나는 언제라도 마른 장작처럼 물불 안 가리고 호탕하게, 솟구쳐, 휘날려, 없어질 수 있다 눈물은 세상의 가운데로 노 저어 가는 더운 강, 나를 그만 미끄러지게 하고 두손 두 발 들고 여죄를 자백하게 하는 채찍질, 떨리는 오욕칠정 다 빠져 달아난 오후, 너의 고통을 나의 평화를 안타깝지만 어쩔 수 없다고 포기하는 이 서툰 달관, 용서해서는 안 된다 끊어진 눈물을 향해 물 한 바가지 퍼부었다 빗방울들이 가야 할 곳을 마른 땅이 다 잡아먹은 쩅쩅한 날의 고요, 눈물 한 방울 흘리지 않고도 여러 날이 삽시간에 지나갔다 돌멩이라도 걷어차 보다가, 그걸 주워 손안에 궁굴려 보다가, 힘껏 내던지지 않아도 해가 지고 저녁이 오는 이 무서운 무사태평, 물끄러미 손 놓고 있다. 손가락을 꼼지락거려 보다가 주먹을 쥐었다가, 이건 어쩌면 내가 관여할 일이 아닌 것 같아, 손가

락을 다시 폈다 참, 어느새, 정말, 이렇게, 눈물이, 마르고, 너
도, 마르고

—「어느새, 눈물」

시는 아직도 힘이 세다

1.

한 편의 시는 살아 있는 생명체다. 한 인간이 그러하듯이 시
도 저마다의 운명을 타고나 영욕의 세월을 보내다 간다. 크게
기대하지 않았으나 오래 사랑받으며 장수하는 경우가 있는가
하면 열과 성을 다해 세상으로 내보냈으나 크게 주목받지 못
하고 묻혀버리기도 한다.

시와 산문의 운명은 조금 다르다고 할 수 있다. 산문의 경우
거듭된 퇴고와 수정이 보다 좋은 작품을 완성하는 과정인 데
비해 시의 경우 지나친 퇴고는 초교의 생동감을 깎아내는 헛
공사가 되어버리기도 한다. 그런 탓인지 독자에게 오래 사랑
받는 시일수록 단숨에 거침없이 쓰여진 경우가 많다. 좋은 시

는 성실하게 쓰고 고치는 공력으로 이루어지는 것이 아니라 막막한 기다림 끝에 주어지는 뜻하지 않는 선물에 가깝다. 게으르고 무심하게 딴전을 피우는 예측 불허의 조건들이 만들어내는 결실일 때가 많다.

이것이 시가 갖는 매력이고 유혹이다. 나를 포함한 시인들은 그 유혹에 걸려들어 헤어나지 못하고 있는 어리석은 족속들이다. 산문은 어떤 얼개로 어떤 이야기를 써야 할 의도를 지니면서 작업이 시작되지만 시는 불현듯 느닷없이 찾아온 낯선 손님에 의해 시작된다. 매정하게 분류하면 산문은 쌓아 올리고 다듬는 공의 속성으로 완성되고 시는 예측 불허의 추임새로 발동된 예의 속성으로 완성된다. 산문의 작업자는 그 발상과 전개와 결말에 깊숙이 관여하지만 시의 작업자는 다듬고 고치고 정돈하는 조력자의 역할만을 수행한다.

그래서 시인은 주최자나 주인공이 아니라 대리인에 불과하고 섬광처럼 지나가는 생각의 파편 중에서 그럴싸한 것을 선택하고 조합하는 직분을 담당한다. 자기 안에 도사리고 있는 정체 모를 시적 자아를 잘 떠받들고 관리하는 소임을 맡는다.

시는 언제 올지 모른다. 운전 중일 때도 있고 용변 중일 때도 있고 수면 중일 때도 있다. 책을 읽고 있거나 무료한 망상에 빠져 있을 때일 수도 있다. 분명한 것은 그 어떤 목적을 가지고 다부지게 무슨 일인가를 수행하고 있을 때는 시가 찾아오지 않는다는 것이다. 그것들을 하는 둥 마는 둥 게으름을 피우고 있을 때, 현재의 상황을 벗어날 핑곗거리를 찾고 있을 때, 잠깐 그것으로부터 벗어나 딴짓거리를 하고 있을 때 시는 찾아온다. 그렇게 빈틈을 만들어놓은 자리에 슬며시 시는 들어온다. 스파이처럼, 날강도처럼. 우선 급하게 메모해놓을 준비가 되어 있지 않은 상황이라면 십중팔구 그것을 놓쳐버리기 쉽다. 날아가 버린 그 단상은 어떤 금은보화보다 귀하게 여겨질 것이다.

2.

"요르단 취업이 확정됐어요."

저녁에 들어온 아들이 불쑥 던진 말이었다. 요르단이라는 말을 듣는 순간 가슴이 철렁 내려앉았다. 애써 무심한 척 며칠 더 생각해보라는 말만 했다. 최종 면접을 보러 서울을 다녀올 때만 해도 설마 거기까지 가리라고는 생각지 못했다.

대학을 졸업하며 여러 곳에 지원서를 냈고 부산의 한 중견기업에 용케 취직이 됐었다. 그런 아들이 입사 6개월쯤 지나 사직서를 냈다는 말을 했을 때도 이렇게 놀라지는 않았다. "왜 일이 마음에 들지 않던?" 하고 물었다. "단순 관리업무여서 성취감이 없고 마흔을 갓 넘긴 선배들이 명퇴하는 걸 보고 다시 시작해야겠다고 생각했다"고 아들은 말했다.

그때는 녀석의 결단력이 대견했다. 나를 닮아 매사에 모질지 못해 주위로부터 놀림을 받던 아들이었다. 그래 잘했다. 길고 긴 네 인생에서 몇 년의 재투자는 아무것도 아니지. 먹고사는 게 중요하기는 하지만 그렇다고 밥벌이에 모든 걸 거는 건 인간으로 할 도리가 아니지. 나는 과감하게 사표를 던지고 나온 녀석을 술까지 사주며 격려했다.

그런데 하필이면 머나먼 열사의 땅 요르단이란 말인가. "거기는 분쟁지역 아니니?" 나는 어떻게든 녀석을 만류해볼 생각에 어깃장을 놓기도 했다. 하지만 아들의 결심은 확고했다. 요르단에 관한 정보를 이것저것 찾아내 나에게 보여주고 텔레비전에 방영된 요르단 기행 동영상을 보여주기도 했다. 가기로 한 회사가 유수한 국내 대기업이라는 점도 강조했다. 그래도 그렇지….

요르단을 두고 분쟁지역 어쩌고 했지만 그건 다 아들을 품에서 떠나보내기 싫어 내놓은 핑계였다. 군대에 가 있던 기간을 빼고는 집을 나가본 적이 없고 앞으로 살림을 나더라도 가까운 곳에 살 것으로 믿어 의심치 않았다. 무슨 효도를 받자는 게 아니라 우리 부부의 심정적인 울타리가 되어주었으면 하고 바랐기 때문이다. 아들에게 그 정도 바라는 게 과했단 말인가. 갈 땐 가더라도 며칠이라도 우리 때문에 주저하거나 고민하는 내색을 보여주었더라면 그렇게 섭섭하지는 않았을 것이다.

그래도 자식의 앞길을 가로막는 부모가 될 수는 없는 노릇이라고 마음을 고쳐먹어 보려 했다. 자식의 장래를 부모가 쳐둔 울타리에 가둘 수는 없는 일이라고도 생각해봤다. 아내와 며칠 연달아 주거니 받거니 술잔을 기울이며 서로를 위로하고 독려했다. 함께 눈물도 흘렸던 것 같다. 온갖 경계가 허물어진 세계화 시대가 아닌가. 대세에 역행하는 어리석은 부모가 되지 말자는 말은 자기최면이었다. 소중한 것일수록 멀리 두고 바라보는 법이라고 서로를 타일렀다. 나라를 위해서라도 녀석을 보내주자는 거창한 대화마저 오갔다. 우리가 만든 전자제품을 만방에 수출한다잖느냐. 힘들고 거친 일은 마다하고 보기 좋은 떡만 집어 드는 세상에 불편한 타지로 나가겠다는 녀석이 오히려 대견하지 않냐.

간신히 마음을 고쳐먹고 보름 가까이 아들의 살림살이를 장만했다. 그 과정에서 느낀 게 많았다. 녀석의 방은 그 큰 덩치에 비해 턱없이 좁고 답답했고, 옷가지며 생활도구 역시 쓸 만한 게 없었다. 느닷없는 이별의 서러움에 우리가 해준 게 없다는 아쉬움이 더해졌다.

불평 한마디 없이 30년을 우리 곁에 있어준 녀석이 고맙고도 기특했다. 눈앞에 다가온 이별 앞에 아쉽고 서운한 마음을 표현할 길이 없었다. 보험회사에서 약간의 돈을 빌려 손에 쥐여주었지만, 그것으로는 아무래도 부족해 시 한 편을 썼다. 시인이라고, 먼 길을 떠나는 아들에게 아비로서 해줄 게 이것밖에 없었다. 시로서는 산도 옮기고 하늘도 마음대로 나누어 줄 수 있는 것이어서 나는 부산의 진산인 금정산을 시에 담아 출국장을 빠져나가는 녀석의 주머니에 몰래 찔러 넣어 주었다.

언제 돌아온다는 기약도 없이 먼 서역으로 떠나는 아들에게 뭘 쥐여 보낼까 궁리하다가 나는 출국장을 빠져나가는 녀석의 가슴주머니에 무언가 뭉클한 것을 쥐여 보냈다 이건 아무 데서나 꺼내보지 말고 누구에게나 쉽게 내보이지도 말고 이런 걸 가슴에 품었다고 함부로 말하지도 말고 네가 다만 잘 간직하고 있다가 모국이 그립고 고향 생각이 나고 네 어미가 보고프면, 그리고 혹여 이 아비 안부도 궁금하거든 이걸 가만히 꺼내놓고 거기에 절도 하고 입도 맞추고 자분자분 안부도 묻고 따스하고 고요해질 때까지 눈도 맞추라고 일렀다 서역의 바람이 드세거든 그 골짝 어딘가에 몸을 녹이고 서역의 햇볕이 뜨겁거든 그 그늘에 들어 흥얼흥얼 낮잠이라도 한숨 자두라고 일렀다 막막한 사막 한가운데 도통 우러러 볼 고지가 없거든 이걸 저만치 꺼내놓고 그윽하고 넉넉해질 때까지 바라보기도 하라고 일렀다 그 놈의 품은 원체 넓고도 깊으니 황망한 서역이 배고파 외로워 울거든 그걸 조금 떼

어 나누어줘도 괜찮다고 일렀다 그렇게 쓰다듬고 어루만지며
살다가 이곳으로 다시 돌아올 때는 무엇보다 먼저 그것부터
잘 모시고 와야 한다고 일렀다 무엇보다 잊지 말아야 할 것
은 네가 바로 그것이라고 일렀다 이 아비의 어미의 그것이라
고 일렀다

―「금정산을 보냈다」

3.

　앞의 글은 2010년 한 일간지에 실었던 칼럼이다. 산문을 포
함해 뒤에 붙인 시 한 편까지 나는 이 글을 눈물을 글썽이며
썼다. 아들을 요르단으로 보낼 당시 마침 나는 한 중앙일간지
에 칼럼을 연재하고 있었고 아들과 공항에서 이별하고 돌아와
마감 시간에 쫓기며 이 글을 쓴 것이었다.
　다소 특별한 사연을 지난 글이긴 하지만 이 짧은 산문은 두
어 가지 후일담을 남겼다. 우선 아들에게 큰 선물이 되었다.
요르단에 도착해 살림집을 마련하고 직장과 대사관에 인사를
갔더니 사람들이 신문에 난 글을 잘 읽었다며 반갑게 인사를
하더라고 했다. 대사관에 더러 초대되는 특별대우를 받았다고
도 했다. 아들이 이런 행운을 누린 것은 제 애비가 쓴 글 때문
이 아니라 한국 최고부수를 자랑하는 그 신문의 위력인 것만

같아 뒷맛이 씁쓸했던 기억이 난다.

그리고 이 시를 표제작으로 한 나의 시집『금정산을 보냈다』는 부산 시민들의 투표를 거쳐 결정되는 '한 도시 한 책 읽기 운동'의 2015년 원북원 도서로 선정되어 한 해 동안 여러 방식으로 독자들과 만나는 과분한 행운을 누리기도 했다. 그런 반면 세월호 관련 시「난파 2014」가 수록된 시집이고 세월호 사고의 진상규명을 촉구하는 성명서에 서명했다는 이유로 블랙리스트에 올라 정부 보조금 사업에서 제외되는 불이익을 당하기도 했다. 그 역시 한 편의 시로서는 과분한 영광이었다.

쓸모있음의
쓸모없음

　대형 할인점에 다녀왔다. 그곳에도 책은 있었고 시집도 있었다. 산더미처럼 쌓인 상품들 사이에 질식당하지 않고 어엿하게 매장 한 코너를 차지한 그것들을 나는 대견스레 살펴보다가 곧 비탄에 빠지고 말았다. 책도 시도 거기서는 상표에 따라 진열되어 있었다. 속내야 어떻든 상표의 인지도에 의해 매장 진열이 결정된 일상용품들처럼 그 책들도 유명상표가 대다수였다. 대형매장의 상품들처럼 책 역시 유명상표만이 진열되고 판매되는 구조가 지금 우리 문학계의 구조이다.

　과민한 탓이겠으나, 시 쓰는 일이 공허하고 초라하게 여겨질 때가 많다. 어떤 식으로든 시의 쓸모를 스스로 규명해야 할 때가 아닌가 싶다. 줄곧 그랬지만, 누가 나를 시 쓰는 사람이라고 소개하면 괜히 부끄러워져 쥐구멍이라도 찾아들고 싶어진다. 그 부끄러움의 저변에는 그들에게 아무 쓸모없는 노동으로 여겨질 시 쓰는 일에 대한 자격지심이 있다. 한때의 시인들은 그런 시선에 초탈할 수도 있었으나 실용적인 가치가 지배하는 지금 그런 모면책은 통하지 않을 것 같다. 시 산업의 제자리걸음과 퇴보는 시적인 과장과 임기응변, 턱없는 자존심으로 버텨온 시인 스스로가 자초한 결과이기도 할 것이다.

하지만 나는 이렇다 할 기득권이 없는 시인이 오히려 다행일 수도 있다는 생각을 한다. 근본적으로 시는 늘 맨주먹으로 시작하는 것이기 때문이다. 출생, 학력, 경력 등 예전에 그러저러하였다는 것은 시인에게 무용지물이다. 늘, 지금, 새롭게, 다시 출발해야 하는 시인에게 그 장신구들은 언제나 무용지물이다. 수중에 다소 거머쥔 것이 있더라도 헌신짝처럼 그것을 떨쳐버려야 하는 것이 시이기 때문이다. 다른 대부분의 경우, 자신의 경륜과 자산을 축적하고 거기에 기대는 행위는 당연한 일이지만 시에서는 그것이 비난과 비판의 대상이 된다. 시는 배가 불러 뒤뚱뒤뚱 뒷짐을 지고 가는 거드름을 비난하고 비판하는 방식이다, 이제 좀 살 만해져 한숨 돌리려는 상황을 비난하고 비판한다는 점에서 시는 정말 인정사정이 없는 양식인 것도 같다. 그래서 더 두렵고 만만치 않은 방식인 것도 같다.

급격히 진행된 인간성과 환경의 파괴는 쓸모있는 것만 추구한 기술문명이 낳은 패악이었다. 최근 그에 대한 반성의 징후도 곳곳에서 일어나고 있다. 도심 하천을 정화하고 녹지를 만드는 일, 주말농장을 일구고 자연의 생명을 귀중하게 생각하는 것, 느림과 멈춤과 양보의 가치를 인식하게 된 것. 그러나 그런 생각들의 처음과 끝은 인간을 위한 발상에서 크게 벗어나 있지 않다. 지구를 망가뜨린 죄에 대한 대오각성이 아니라 자신들이 살기 위한 또 하나의 어쩔 수 없는 선택이 되고 있다. 지구의 주인이 인간이라는 생각을 버리지 않는 한 지금 잠깐 취해 보는 화해의 몸짓으로는 근본적인 문제해결이 되지 않을 것이다.

이런저런 생각으로 마음이 갈피를 잡지 못하고 있을 즈음 잡풀이 무성한 야산 한 귀퉁이를 얻었다. 시골 장터에서 삽과 호미 등 간단한 농기구 몇 가지를 사서 밭 가장자리부터 개간을 시작했다. 경사가 지고 풀이 무성한 땅은 자신을 방치한 세상에 항거라도 하듯 쉽게 마음을 열지 않았다. 풀풀 흙먼지가 날리고 땅을 파면 돌멩이들이 쏟아져 나왔다. 무엇을 심겠다는 계획도 없이 밭 전체를 뒤덮고 있는 풀을 조금씩 걷어내고 동네 한의원에서 얻은 약찌꺼기를 뿌려 흙의 기운을 북돋웠다. 농기계를 불러 일을 시키면 한나절이면 해결될 일이었으나 아내와 나는 여러 날에 걸쳐 그 지루한 손작업을 계속했다.

하루는 올무를 끊고 도망간 산돼지의 뒤를 사냥총을 들고 쫓아온 동네 사람이, 우리가 개간한 밭고랑을 둘러보며 이걸

다 직접 손으로 했느냐고 물었다. 그렇다고 했더니 그는 쯧쯧 혀를 찼다. 기계로 하면 한 시간 만에 해치울 일을 세월아 네월아 손으로 하고 있으니 모자라도 많이 모자란 사람들로 여기는 것 같았다. 그러나 나와 아내는 손작업을 하는 것이 땅에 대한 도리라고 생각했다. 이제 막 어설픈 경작을 시작하면서 기계로 땅을 갈아엎는 것은 초보자의 도리가 아니었다. 초보자 주제에 땅을 놀라게 하고, 그 땅의 주인으로 살고 있는 고라니와 풀벌레 같은 산동무들을 놀라게 할 수는 없는 노릇이었다.

그렇게 시작해 묘목을 심고 감자 고구마 토마토 무 배추 등의 작물을 조금씩 심었지만 이렇다 할 수확을 내지는 못했다. 오랫동안 버려져 있던 땅인데다 김을 잘 매지도 않고 농약을 치지 않으니 잘해야 한두 번 맛이나 볼 정도의 수확이었다. 거기다 고구마나 배추, 무 같은 것들을 낑낑대며 심어도 산동무들이 먼저 와서 다 먹어치웠다. 그것들을 심느라 들인 공을 생각하면 어이없는 일이었으나 따지고 보면 완전 밑지지는 않았다. 땅을 파고 씨앗을 뿌리는 과정에서 나는 이미 받을 것을 다 받았기 때문이다. 맑고 높은 하늘과 산의 품에서 내 몸을 움직여 뭔가를 한다는 것이 주는 즐거움과 기쁨은 어떤 수확물과도 바꿀 수 없는 소득이었다. 흙을 만지고 풀을 만지고, 햇살을 만지고 바람을 만지는 일만으로도 내가 받은 것은 넘치고 넘쳤다.

현실적으로는 농사나 시나 아무리 수지타산을 맞추어 보아도 본전이 빠지지 않기는 마찬가지다. 그럼에도 나는 아직 밑지는 농사를 그만둘 생각이 없고 오랫동안 밑져왔던 시를 그만둘 생각이 없다. 쓸모있음과 쓸모없음은 한 끗발 차이라 생각하기 때문이다. 그때 쓸모없다고 걷어냈던 돌멩이들은 가냘픈 묘목들의 받침돌이 되어 아직도 나무 아래 놓여 있고, 잡초라고 무시했던 풀들과 냄새나는 오물은 썩어 좋은 거름이 되어 또 다른 식물을 키우고 있다. 오히려 조금이라도 쓸모있을 거라 여기고 도시에서 가져간 이런저런 용품들은 산비탈 야산에서는 처분 불가능한 쓸모없는 애물단지가 되어 있다.

시인의 과업은 씨를 뿌리는 것으로 족하다. 그 결실과 파장을 의식하면 씨앗을 뿌리는 일에 이런저런 계산이 개입될 것이다. 기왕이면 안정되고 수확 많고 시장성 있는 품종을 좋은 자리 골라 심으려는 것이 농사를 업으로 하는 사람들의 마음이다. 그래서 약을 치고 쓸데없는 가지를 치고 접을 붙이는 등 최대한의 소득을 기대한다. 하지만 시의 본령은 소득을 계산하지 않는, 소득을 헌신짝처럼 여기는 데서 출발한다. 시의 현실적 쓸모는 그런 쓸모없는 생각들에 있었고 그 순수성이 시를 여기까지 오게 했다.

나의 농사가 배고픈 산동무들의 양식이 되어 헛되지 않았던 것처럼 내 시가 마음 고픈 몇 사람의 양식이라도 되었다면 역시 헛되지 않을 것이다. 좀 더 쓸모있는 행위로서 시의 독자들에게 공치사를 받고 싶었을 나의 욕망을 그때 농사가 깨우쳐 주었다. 인정받고 보상받기를 원하는 순간, 또 그 재미에 서서히 빠져드는 순간, 나는 지금 보고 있는 것을 보지 못하게 될지 모른다. 지금 느끼고 있는 것을 느끼지 못하게 될지 모른다. 지금 말하고 있는 것을 말하지 못하게 될지 모른다.

시인에게는 쓸모있음과 쓸모없음의 관계를 역전시키려는 의지가 필요하다. 산적한 문제들에 감응하고 인지하는 능력과, 그것들을 해결하려는 자구적인 노력이 무엇보다 절실하다. 지금 나는 그 감각이 둔해졌거나 그 몸가짐이 흐트러지지 않았는지 반성한다. 병든 세계를 끌어안고 아파하지 않고 자기 일신만을 아파하지 않는지 반성한다. 찬밥 신세인 시의 밥그릇을 더 많이 먼저 차지하려고 안달이 나지는 않았는지 반성한다. 시의 쓸모를 빌려 그 안에 안주하려고 하지는 않았는지 반성한다. 급기야 그 쓸모의 덕으로 시를 통해 무엇인가를 거머쥐려고 하지는 않았는지 반성한다.

그렇게 마음을 다잡으면서도 나의 노동이 다른 이의 노동에 비해 소출이 너무 빈약해 보여 마음이 흔들리기도 한다. 배고픈 이의 양식이 될 수도 없으며 나의 양식이 되지도 못하는 시. 내가 선택한 일이므로 나 하나의 불우는 마땅히 감당해야 할 몫이겠으나 나를 쳐다보고 사는 가족들에게는 참으로 민망한 노릇이다. 시 쓰기의 나날이 공허하고 궁색할 때마다 이렇게 흔들리며 갈팡질팡 가는 것이 시의 길이라고 나는 나를 위로한다.

쓰러진 채 세상을 보는
은자隱者

그 나무가 처음 눈에 띈 것은 산책길에서였다. 5년 가까이 그 앞을 지나다니면서도 나는 그 나무를 보지 못했다. 성의 북쪽 길을 돌아 낡은 주택들이 어깨를 맞대고 있는 좁은 골목을 지나면 거기 환하게 모습을 드러내는 풀밭이 있고, 나무는 풀밭 가장자리 돌담 아래 비스듬히 누운 채로 나를 바라보고 있었다.

나무는 자기 앞을 바삐 지나가고 있는 나를 5년 동안이나 멀찍이 바라보기만 했을 것이다. 어이, 하고 부르지도 않았고 어디를 그리 바삐 가느냐고 묻지도 않았다. 나무는 그늘에 팔 베개를 하고 누운 한가한 촌로처럼 종종걸음으로 지나가는 나를 그냥 내버려두었다. 인사성이 없다고, 어디 사는 누구 자식이냐고 타박하지도 않았다. 그런 나무의 관대함 때문에 나는 나무를 보는 데 5년이나 걸렸다.

　어느 여름 그 나무 앞을 지나는데 어디선가 쯧쯧 혀를 차는 소리가 들렸다. 사방을 둘러보았지만 아무도 없었다. 다시 한 번 찬찬히 살피다가 마침내 나는 돌담 아래 누워 있는 나무를 보게 되었다. 쯧쯧 혀를 차며 바삐 가는 나를 불러 세운 것은 비스듬히 누운 채로 크고 있는 사철나무였다. 그의 인내심이 한계에 도달한 것이었을까. 그는 약간 상기된 얼굴로 나를 바라보고 있었다. 생각해보니 즐비한 나무들과 시선을 맞추느라 약간 높게 잡았던 나의 눈높이가 문제였다.

　그의 잎은 그의 눈이었다. 그의 잎이 사철 푸르게 된 것은 나와 눈을 맞출 날이 언제가 될지 몰라 늘 눈을 뜨고 있어서였을 것이다. 그가 나를 기다린 것이, 내가 그를 만나야 하는 운명이 점지된 것이 5년 전은 아니었을 것이다. 오십 년, 아니 그 너머, 그는 일찌감치 이 자리에 진을 치고 나를 기다렸을 것이고 나는 먼 길을 빙빙 돌아 이제야 당도했다. 나는 그 나무를 와목臥木이라 부르기로 했다. 오래전 한 글동무가 나에게 와산臥山이란 호를 붙여주었으니 그와 나는 이제 형제로서의 돌림자를 갖게 된 셈이다.

　사람은 걷고 나무는 서 있다. 나무는 자신이 선택한 자리를 지키며 한 생을 견디지만 사람은 정처 없이 유랑해야 하는 운명을 타고 났다. 나무는 더 이상 떠돌지 않아도 된다는 점에서 이미 완성된 자아이며 사람은 계속 떠돌면서도 결국 만족할 그 무엇을 찾지 못한다는 점에서 영원히 미완성으로 남을 수밖에 없는 자아이다. 그래서 나무의 쓰러짐은 붙박인 자의 월계관을 벗어던지고 성큼성큼 걸어나가려 한 의지의 표현이며, 나무를 동경한 사람의 쓰러짐은 끝없이 이어진 유랑을 청산하고 이제 그만 한자리에 눌러앉고자 한 욕망의 표현이다. 나무의 쓰러짐은 어디론가 나아가려는 것이며 사람의 쓰러짐은 이제 그만 발길을 멈추려는 것이다.

내가 쓰러졌던 시점과 저 사철나무가 쓰러졌던 시점이 어쩌면 같았을지도 모르겠다. 그것은 37년 전쯤의 일이다. 나는 그때 직립으로 걷고 있었고 전속력으로 달려온 자동차에 받혀 쓰러졌다. 그리고 세 번 수술대 위에 눕혀졌다. 직립을 중단하고 쓰러져 누워 있는 동안 나는 나무처럼 뿌리내리기를 시작했을 것이다. 그리고 저 와목. 처음엔 위로 위로 솟구치고 있던 직립이었으나, 내가 쓰러진 것을 알고 그 역시 옆으로 비스듬히 몸을 눕혔을 것이다. 그렇게 몸을 굽혀 나무는 엉금엉금 내 쪽으로 걸어오려고 했던 것은 아니었을까. 그렇게 다가와 나의 상처를 어루만져 주고 싶었던 것은 아니었을까.

돌이켜보니 와목은 그때 그렇게 내 앞으로 걸어왔던 것 같다. 수술을 받고 이틀 만에 깨어났을 때 허기진 내 입에 죽을 떠 넣어주던 소녀, 그리고 한참 뒤 세 번째 수술을 받으려고 수술대에 누워 있을 때 나에게 다가와 속삭이듯이 위로의 말을 해주고 간 낯선 여인이 있었다. 앞의 소녀는 병원 허드렛일을 돕던 중이었고 뒤의 여인은 집도를 맡은 병원장의 부인이었다. 이제 생각하니 그들이 저 와목이었을 것 같다. 누워 있는 나와 시선을 맞추려고 비스듬히 구부러지며 다가온 와목.

이제는 내가 몸을 낮춰 그와 눈을 맞출 차례였다. 위로 뻗어가려는 몸체를 잡아당겨 옆으로 뻗어가느라 옹이가 진 나무의 뿌리 근처를 나는 어루만졌다. 그 옹이는 쓰러지는 것만은 막으려고 한, 본분을 잊고 자꾸 엇나가는 자신을 붙들어 보려한 나무의 안간힘이었을 것이다. 화사한 햇볕을 향해 계속 승승장구하지 않고, 저렇게 옆으로 길을 바꾸느라 나무는 많이 아팠을 것이다. 다른 길로 접어든 죄과를 톡톡히 치러야 했던 그때의 나처럼.

나무의 드러누운 형상은 은자로 살기를 자청했던 꼬장꼬장한 선비의 몸을 닮았다. 그것은 세상의 명리를 물리친 것이라기보다는 세상에 대한 또 다른 대응 방식이었다. 조금 거리를 두고 세상을 살피고자 한 것, 그래서 필요할 때는 언제나 쓴소리 매운소리를 거침없이 퍼붓기 위한 변방의 자리였을 것이다. 그렇게 볼 때 은자는 단순히 숨은 자가 아니라 세상의 허튼 구석을 포착하기 위해 몸을 웅크린 자에 가깝다. 와목은 그런 은자의 자세로 오랜 세월 잠복근무를 서고 있는 중이다.

엎드린 채 돌담 너머로 눈을 빛내며 25의용단 저쪽 길을 살피고 있다.

임진왜란 때의 일이다. 왜군이 쳐들어오자 수영성을 지켜야할 경상좌수사 박홍과 고위관리들은 성을 버리고 먼저 도망을 쳤다. 수영성을 점령한 왜군은 이후 이곳에서 약탈과 살육을 자행했다. 이들과 맞서 싸운 것은 패잔병으로 남은 수군과 주민 25인이었다. 이들은 죽기를 각오하고 끝까지 싸울 것을 결의한 후 7년 동안 유격전을 벌였다. 턱없이 적은 숫자로 적에 대항할 방법은 게릴라전밖에 없었을 것이다. 이들은 밤을 틈타 큰 나무 밑에 몸을 숨기고 있다가 지나가는 적들을 하나하나 공격했다. 그리고 모두 장렬한 최후를 맞았다.

지금도 25의용단 담벼락 아래 누워 길 저쪽을 쏘아보고 있는 와목이 그날의 25의용 중 한 사람인 것만 같다. 관리들은 제 식솔들을 챙겨 먼저 줄행랑을 치고 백성들은 피란 갈 방도를 찾지 못한 채 갖은 수탈과 수모를 당하고 있었을 것이다. 그때 분연히 나선 사람들이 그들이었다. 자신들의 힘으로 적들을 물리칠 수 있다고 생각하지는 않았을 것이다. 들끓는 의분을 참을 수 없었을 것이고, 조선이라는 나라가 먼저 줄행랑을 친 관리들의 나라가 아니라 우리 백성들의 나라라는 것을 보여주고 싶었을 것이다. 만만치 않는 조선의 근성을 보여주고 싶었을 것이다.

저 와목은 그 의병 중 한 사람이었다가 적이 물러간 줄도 모르고 지금까지 저렇게 서슬 퍼런 잠복을 계속하고 있는 게 아닐까. 나는 사철나무에게로 다가가 등을 두드렸다. 어이, 이보게 왜놈들은 벌써 오래전에 물러갔다네. 이제 그만 몸을 풀고 이리로 와서 좀 쉬게나. 이렇게 권하는 나의 말에 나무는 묵묵부답이었다. 돌담 너머 저쪽을 더 뚫어져라 응시하고 있다. 나의 말이 믿기지 않는 모양이었다.

와목이 된 사철나무가 몸을 기대고 있는 돌담을 따라 걷는다. 25의용단의 돌담은 우리의 옛집들이 유지했던 높이보다는 조금 높지만 그래도 담 너머 안마당이 훤히 들여다보이는 높이다. 도시가 쌓은 담들은 매정하고 갑갑하다. 밖에서 안이 들여다보이지도 않지만 안에서 밖을 내다보기도 어렵다. 안을 위해 쌓은 경계가 밖으로의 길도 봉쇄한 감옥이 되었다. 그런 점에서 적당한 높이를 가진 돌담은 소통과 경계의 두 기능을 동시에 수행한다. 나는 돌담을 따라 걸으며 흘깃흘깃 의용단 안을 엿본다. 의용단 앞마당은 25의용의 비석으로 환하다. 행세깨나 하고 살았을 양반들의 이름을 새긴 인근의 공덕비보다 작지만 귀하고 값지다. 크고 작음이 귀천의 기준은 아닐 것이다. 주어진 것을 어떻게 쓰고 가느냐에 있다. 내 생각에 뜰 안의 비석들도 고개를 끄덕인다.

시인으로서 나 역시 저 와목처럼 비스듬히 엎드려 담 너머 세상을 엿보는 은자여야 하지 않겠는가. 나의 글쓰기 역시 눈이 오나 비가 오나 사시사철 푸른 잎을 매달고 있는 저 와목의 형상이어야 하지 않겠는가.

내 머리맡 어디쯤 쓰러져 크고 있는 사철나무를
와목이라 이름 붙였다
기울어진 나무는
자기를 슬며시 쓰다듬고 가는 여인에게로 기울다가
행장 챙겨 무작정 따라나서기도 하다가
저렇게 호된 회초리를 맞고 쓰러졌을 것
위로만 바라보아야 할 본분을 잊고
옆으로 옆으로 한눈 판 죄를 벌하려고
하늘이 나무의 다리몽둥이를 꺾어놓았을 것

그러나 그때
나무를 쓰다듬고 간 그 여인은
먼 여정에 눈앞이 아득해져
잠시 손 짚어
찰나를 쉬었다 갔을 뿐

―「수영성 와목臥木」

피아골 산방에서

　지리산 피아골 계곡의 오두막집 하나를 빌려 살고 있는 시인 친구를 찾아갔다. 부산에서 화개까지 가는 동안 날씨는 몇 번이나 변덕을 부렸다. 맑고 흐리고 비 오는 날씨가 뜬금없이 반복되는 길을 달려 하동을 지나 화개에 도착했을 때는 금방 지나온 폭우가 가는 실비로 바뀌어 있었다. 아내와 자식들을 서울에 남겨두고 혼자 지낸 지 3년이 되는데도 그의 표정은 10대 미소년의 그것처럼 명랑해 보였다.

　서너 명이 마주 앉으면 꽉 차는 쪽마루에 걸터앉아 우선 우리는 따뜻한 녹차로 흐린 날의 허한 냉기를 다스렸다. 물이 불어나고 있는 개울의 소리와 저 건너편 쪽으로 구름과 안개에 덮인 산 능선이 손에 잡힐 듯 들어왔다. 금방 우려낸 차 한 잔을 혀끝에 적시며 바라보는 그 전원 풍경 때문이었는지 지리산 피아골이라는 지명이 주는 아픈 생채기 때문이었던지 가슴 한편이 애잔해졌다.

마주 보이는 지리산의 고봉들은 구름과 안개에 덮여 있었다. 중턱을 넘어 꼭대기까지 고층아파트들이 자리 잡기 시작한 도시의 산에 익숙해진 내 시야는 그 흐릿한 산봉우리 근처에서 오래 머물렀다. 승승장구 위로 치솟은 산의 꼭짓점은 누군가가 지우개로 쓱쓱 지워버린 듯 증발하고 없었다. 그것은 더 이상 위로는 쳐다보지 말라는 산신의 지시가 담긴 것도 같고 더 이상의 상승을 포기하고 스스로 주저앉아버린 산의 절차탁마인 것도 같았다.

안개와 구름이 산의 정상을 가만히 품어주고 있는 풍경을 더듬어가다 나는 달을 정복한 인간의 비애를 생각했다. 달의 정복은 인간이 쟁취해낸 승리가 아니라 정복할 수 없는 미지의 세계가 주는 꿈과 상상의 나래를 잃어버린 서글픈 상실이 될 수도 있을 것이다. 달을 정복하고 나서 인간은 무한한 달나라의 동화와 기원을 잃었다. 달그림자의 포근한 위안과 갈구를 잃어버렸다. 달은 이제 그저 무미건조한 돌덩어리에 불과하다.

머지않아 인간 유전자의 염기서열이 완전히 해독되면 질병의 원인과 예방법을 밝혀 인간의 수명연장이 가능해질 것이라고 한다. 생명의 신비를 규명하는 획기적인 계기가 될 것이라고 떠드는 이 연구는 우수 유전자의 선택 복제를 가능하게 하여 머지않아 잘생기고 건강하고 똑똑한 인간들만 계획적으로 생산하는 시대가 올 것이다. 인간의 욕망은 어떤 시스템이든 최선의 경우에만 사용되지는 않는다. 최선의 방법이라고 택한 것이 이내 최악이 되는 경우를 우리는 종종 보아왔다. 다이너마이트의 발명이나 방사성 원소의 발견이 빚은 가공할 살상과 파괴력이 그런 것들이다. 게놈 연구가 완성되기 전에 어디 무인도라도 하나 봐두어야겠다는 생각을 했다. 우열과 기복이 자아내는 전화위복과 진퇴양난이 없는 일사불란한 성취는 모두 가짜가 아닐까. 표준화되고 상식화되고 일상화된 완벽은 이미 완벽이 아닐 것이다.

꽃과 애완견을 키우는 인터넷 사이트가 있다. 비글 닥스훈트 불테리어 같은 강아지를 품종과 색깔을 선택해 기르다가 싫증 나면 한 번에 지워버리면 되는 이 프로그램은 한 품종당 여러 컷으로 된 애니메이션으로 다양한 표정과 동작을 보여주기도 한다. 인터넷에서 지급받은 사이버 먹이를 주고 운동까지 시킬 수 있다. 또 씨앗을 심고 잘 가꾸면 꽃을 피워내는 프로그램도 있다. 일조량 온도 습도 수분을 조절해 최적의 환경을 유지하면 20일 만에 꽃을 피운다고 한다.

이 사이버 창조의 시스템을 전해 듣고 나는 소름이 끼쳤다. 이 가상공간에서처럼 인간도 곧 그렇게 생산될 것이다. 인간의 체취가 묻어나는 예술의 소중함이 지금 더욱 간절해지는 것은 바로 그 때문이다. 세상에 단 하나밖에 없는 독창적인 것, 아무나 쉽게 흉내 낼 수 없는 영원한 개성으로서의 가치가 시와 음악과 그림 같은 것에 있다.

지리산의 친구는 비 오는 계곡에서 막 건져 올린 물고기 몇 마리를 구워 안주로 내놓으며 섬진강에서 은어를 잡는 한 남자의 이야기를 들려주었다. 그는 하루에 딱 한 번만 투망질을 해서 은어를 잡는데 마을 노인들이 두는 바둑 장기를 옆에서 구경하며 힐끗힐끗 강 쪽에 눈길을 준다는 것이다. 그러다가 때가 되었다 싶으면 강으로 내려가 수십 마리의 은어를 잡는 다고 했다. 어떤 날은 그렇게 살피기만 하다가 아예 투망질조차 하지 않을 때도 있다는 것이었다.

친구의 이야기에 나는 절로 고개가 끄덕여졌다. 그는 은어를 잡긴 잡되 놀라게 하고 싶지는 않았을 것이다. 자신의 작은 소득을 위해 개울 전체를 들쑤시기가 미안했을 것이다. 물도 놀라고 햇살도 놀라고 바람도 놀라고 이제 갓 세상에 나온 피라미들도 다 놀라게 하고 싶지는 않았을 것이다. 그런 의미에서 그 이야기 속의 남자는 대단한 고수였다. 자연의 질서를 존중하며 그것을 운용할 줄 아는 고수. 돌아오는 길에 나는, 지금 나의 세상살이가 쓸데없는 욕심으로 물만 흐려놓고 마는 분탕질이 아닌가를 생각했다.

책방이 있던 자리

무엇이 있다가 없어진 자리가 주는 느낌은 짠하다. 아쉽고 애잔한 마음. 거기에 기대고, 그곳에 마음을 내려놓던 편한 의자 하나가 없어진 것과 같다. 많은 것들이 그렇게 우리 곁에서 사라졌다. 다른 곳으로 훌쩍 떠나버린 사람들의 자리, 다시는 돌아올 기약이 없는 것들의 자리. 나의 체취가 배어 있고 무수한 인연의 자국이 있는 자리. 나는 그것들을 생각하며 한동안 몸살을 앓는다. 그것들도 나에게서 멀어지기를 원치 않았음을 나는 안다.

오래된 세간을 버렸고 먼지만 일으키는 책들을 버렸고 비효율의 수작업 도구들을 버렸다. 그것을 버림으로써, 그것들을 하루아침에 내침으로써 나는 첨단에 가까워진 듯 안도했겠으나 사실은 달라진 게 크게 없다. 오히려 자동화 기기들은 과정의 소중함을 뺏어가 버렸다. 지극함을 가져가 버렸다. 명령만을 곧이곧대로 수행할 뿐인 그들에게 따뜻한 배려를 기대할 수는 없다.

철문이 내려진 책방 앞에서 나는 걸음을 멈추었다. 이런 대낮에 철문이 내려져 있다니? 30년 동안 책방은 문을 환하게 열어놓고 나를 맞아주었다. 찬바람 몰아치는 80년대 초는 강풍을 피하게 한 바람막이였다. 아랫목이었다. 동전 몇 푼 딸랑거리는 허기진 속을 성찬으로 가득 채워준 지식의 보물창고였다. 염치없는 식객처럼 나는 그것을 허겁지겁 받아먹기만 했다. 배불러 밥 생각이 없다며 손을 내젓는 어머니처럼 자신은 허기져 있었음에도.

사각사각 책장 넘어가는 소리, 아이 손을 잡고 온 어머니가 동화책을 고르고, 아저씨가 잡지를 사고, 학생들이 서너 명씩 짝을 지어 수다를 떨다 간 자리. 책을 찾아, 사람을 찾아, 보물을 찾아, 그 책방의 계단을 오르내리는 사이 30년이 훌쩍 지나갔다. 거기서 시집 한 권을 다 읽으며 동무를 기다리는 사이 30년이 훌쩍 지나갔다. 찾아온 손님만을 위한 자리가 아니었다. 부산의 문화텃밭을 일구는 자리에도 그 책방은 늘 함께 있었다. 경비를 지원하고 책을 후원했다. 엄혹한 시대에 '토박이' 잡지를 창간하고 단행본을 출간했다. 신군부에 의해 잡지는 판매금지 처분을 받기도 했다.

부산 서면 한가운데서 나는 갈 길을 정하지 못하고 멍하니 서 있었다. 집 근처 동네 책방이 없어졌을 때도 나는 지금처럼 한참을 멍하니 서 있었다. 제집처럼 드나들던 골목 입구의 가게가 사라졌을 때보다, 6년을 다닌 초등학교가 사라지고 고가도로가 놓였을 때보다, 혼자 바라보던 이웃집 소녀가 덜컥 이사를 간 빈집 앞에 섰을 때보다, 그것은 몇십 배 더한 충격과 상실이었다.

청춘의 한 시절을 같이 보낸 책방, 20대 후반의 격정과 30~40대의 방랑과 50대 초반의 침잠을 받아주고 일깨워주고 다독여준 책방. 무수한 상념들을 채워 넣었던 종이책의 여백, 가슴에 안으면 든든한 동반자였던 종이책의 온기…. 그런 즐거움을 주었던 오프라인 서점과 종이책의 미래가 지금 풍전등화의 위기에 처해 있다.

도시는 계속 무엇인가가 세워지고 허물어지는 곳이지만 책방이 있던 자리는 아직 선명하게 나의 뇌리에 남아 있다. 70년대 중반에 들락거렸던 서면의 서점들. 대로변의 리어카 책방들. 한참 동안 이 책 저 책 뒤적거리다가 삼중당문고 한 권을 사 들고 뒤통수를 만지며 나왔던 청학서림, 숨겨진 금광을 탐색하는 재미가 있었던 동천 주변과 옛 대한극장 근처의 헌책방들. 그리고 영광도서와 동보서적의 잘 정돈된 깔깔한 새 책들, 오래 죽치고 있어도 타박하지 않던 그 책방들은 남루한 나의 젊음을 받아준 따스한 품이었다. 그 은신처가 없었다면 나의 남루는 금방 발각되었을 것이고 나날이 눈부시던 세상에서 나는 보기 좋게 도태되었으리라.

지난 30년 동고동락했던 연인, 그 책방들은 큰 나무 두 그루였다. 서면 거리에 무차별로 쏟아지던 환락의 뙤약볕을 피하기 좋은 곳이었다. 힘차게 날아가는 새의 양 날개 같은 두 서점, 영광도서와 동보서적. 그중 동보서적이 경영난을 이기지 못하고 문을 닫았다. 지식이 샘솟던 깊은 우물로 우리에게 기억될 것이다. 서면에 쏟아지던 유흥물결에 맞섰던 큰 나무 한 그루로 기억될 것이다. 그 나무가 쓰러졌다. 아니 베어져 나갔다. 나무가 드리운 다디단 열매만 받아먹고 나는 나무를 위해 아무것도 해준 게 없는 것 같아 미안하다. 나는 한동안, 책방이 있던 그 자리, 우물이 말라버린 그 자리를 아프게 바라볼 것이다.

3부

시

인

산

책

시힘과 함께
경주 남산

 한강 이남에 사는 '시힘' 동인이 모처럼 경주에서 만나 1박 2일을 보냈다. '서울쥐'들이 모두 불참한 모임이어서 어떻게 하면 더 신나게 놀아서 서울쥐들을 골려줄 것인가를 고심하느라 온갖 기발한 아이디어가 동원되었다. 울산에 살던 정일근이 주도하는 다채로운 프로그램에 끌려다니느라 중년을 넘긴 동인들은 역부족인 체력 때문에 허덕거렸지만 아무튼 즐거운 여행이었다. 서울쥐들에게 이 즐거움을 도저히 말이나 글로는 전달할 수 없을 것이니 비디오 촬영을 해두자는 의견이 나올 정도였다.

 경주는 정일근 때문에 그 무렵 자주 갔다. 그전까지 경주는 나에게 그저 불국사나 석굴암이나 왕릉 같은 것이 먼저 떠오르는 박제된 도시였다. 견딜 수 없는 정적이 깔린 거대한 박물

관처럼 너무 고루하고 숙연해서 오금이 저렸다. 타임머신을 타고 시간을 거슬러 올라온 국외자들이 표지판 근처마다 어슬렁거리는 몽상의 도시였다.

그러다가, 게으른 나를 닦달해준 그의 우정에 이끌려 남산의 마애불과 감은사지의 쌍탑과 감포 바다와 문무대왕의 유언 같은 걸 알게 되었다. 알게 되었다기보다는 알려고 노력하게 되었다. 나는 도통 그런 유적들에 감탄할 아무런 준비가 안 된 채로 비몽사몽 간에 순례 일정의 후미를 따라다닌 셈이다. 간밤의 광분으로 인한 숙취와 모자라는 수면 때문에 병든 닭처럼 꾸벅꾸벅 졸면서 따라나선 길에 무슨 큰 감동이 있었겠는가.

형체가 뭉그러진 불상들과 허물어진 절터에서 신라인의 숨결을 읽어내는 일은 과문한 나에게는 역부족이었다. 도대체 남들이 다 감탄해 마지않는 위대한 정신사의 유물 앞에서도 속된 잡념에 사로잡힌 내 우둔함이 한심할 따름이었다.

그러나 그런 눈동냥 귀동냥도 효과가 있었던지 아주 조금씩 경주가 보이기 시작했다. 남이 이끄는 지팡이에 의지해 가던 청맹과니가 겨우 길이라도 분간할 정도가 된 것일까. 그저 거대한 무덤의 내장을 기어다니는 것 같던 경주의 길들이 새로운 불가사의로 느껴지기 시작한 것이다. 절실하게 다가오는 것은 없지만 경주라는 땅덩어리가 품은 시간의 흔적들이 거대한 은유라는 생각이 들었다.

정일근이 '시힘' 동인들을 경주에 불러 모은 것도 그런 의도였는지 모르겠다. '시힘' 동인은 대체로 촌놈들이다. 바로 앞의 생각도 필요에 따라 손쉽게 수정해버리는 날랜 시대에 낡고 진부한 고집들을 갖고 있는 시인들이다. 정일근은 그런 몰지각한 '시힘'에게 말하고 싶었는지 모른다.

"이제 현실은 없다. 시인이여, 아직 덜떨어진 어법으로 현실을 이야기하려는가. 여기 경주라는 무한한 정신의 보고가 있다. 깊고 고요한 세계, 영원불멸의 가치가 있다. 시인이여, 천년의 언어를 캐러 경주로 오라."

확실히 그는 그즈음 경주에 빠져 있었다. 이른 나이에 너무 멀리 가버린 것 아니냐고 그에게 불만스럽다가도 갈수록 시로써 할 말이 없어지고 있던 무력감 때문에 그만 입을 다물고 말았다. 현실을 해결하는 방식이 현실적이어서는 안 된다는 해답을 이미 그는 얻었는지 모른다. 정말, 현실적인 가치와 현실적인 잣대와 현실적인 수단으로서는 이놈의 현실을 해결할 방법이 없단 말인가.

그러나 전통 교육을 받으러 간 우리는 그 대책없는 현실을 훌쩍 뛰어넘지 못하고 허우적거렸다. 반구대 암각화를 보러 가서는 장맛비에 떠밀려서 통발에 걸려들곤 하던 피라미들을 자비심이 아닌 식탐으로 바라보았고, 절간 입장료가 비싸다고 모두 한마디씩 했다.

탑만 남은 절터의 구도에 정일근이 감탄하고 있을 때 안도현은 들꽃을 들여다보고 있었고 나는 무더기로 열린 산딸기를 따먹기 바빴다. 김백겸 형은 뒷짐을 지고 그런 꼴들을 빙그레 쳐다보았다. 양애경 시인의 마지막 총정리가 일품이었다. "정일근은 탑을 쓸 거고 안도현은 들꽃을 쓸 거고 최영철은 산딸기 먹은 똥이 어떤가를 쓸 거고…."

그렇지만 나 역시 현실이 궁극의 목표는 아니었다. 오늘의 방식이 넌덜머리가 났다. 욕망의 구조를 드러낸다는 평계로 오늘의 시는 오히려 욕망을 부추기고 있으며 거친 언어의 남발은 인성을 파편화한다. 현대성이란 이름으로 저질러진 기발한 실험들은 더 큰 혼란과 파격만을 강요한다. 과민한 시인들이 더러운 똥을 피하듯이 어느 날 갑자기 자연시나 선시에 치중하고 있는 것도 무리가 아니다. 현대성은 환멸만을 남겼다.

결국 기댈 곳은 원형에 대한 그리움뿐이다. 요즘 부쩍, 잘 자라는 들꽃을 집 마당에 캐다 나르고 국악에 대한 관심이 높아지고 자연식이 인기를 끄는 것도 다 그 때문이다. 꽃과 열매는 이미 벌레 먹고 가지와 잎은 모두 시들었지만 뿌리만은 아직 온전하리라는 희망이 그것이다. 뿌리부터 다시 시작해보려는 몸부림이 그것이다. 전통희구 과거회귀는 우리가 가진 마지막 자정력의 비상구일지 모른다.

그러나 현실의 방법으로는 현실을 조정할 아무런 방법이 없다고 할지라도 나는 현실을 포기할 수가 없다. 뛰어넘어 갈 수가 없다. 내가 현실을 놓아버리면 그 반작용으로 나는 선사시대쯤으로 튕겨 가버릴지 모른다. 망해도 아주 망한 것이 아니라면 지금 여기 어딘가에 해답이 있을 것이다. 우리가 저질러 놓은 일을 두고 남의 동네에 가서 해답을 물을 수도 없을뿐더러, 저질러놓은 일을 두고 혼자 해탈할 수는 없다.

그렇다 할지라도, 나도 머지않아 지친 탕자의 몰골로 터벅터벅 발길을 돌릴지 모른다. 대처의 고달픈 삶을 버리고 자궁과도 같은 아득한 고향으로 돌아가듯이 어쩔 수 없이 막연한 노래를 부르고 있을지도 모른다.

동리와 목월,
그리고 경주

경주에서 우리 현대문학의 우뚝한 봉우리 중의 하나인 시인 박목월과 소설가 김동리의 흔적을 만날 수 있다. 시와 소설에서 독보적인 세계를 개척한 문학적 업적도 그렇거니와 오늘의 문학이 아직 그 두 사람의 영향권 안에 있다는 사실이 경주를 역사 유적지뿐 아니라 빼놓을 수 없는 문학 순례지로 다가오게 한다.

김동리는 1913년 경주 성건동에서, 박목월은 1916년 건천읍 모량리에서 각각 태어났지만 이들은 등단 전인 10대 후반에 만나 이미 두터운 교분을 쌓고 있었다. 동리가 서울 경신학교를 중퇴하고 낙향해 동양의 고전과 세계문학 작품을 읽으며 독학으로 소설 공부를 하고 있을 때였고 목월이 대구 계성중학을 다닐 때였다.

이들이 고향 경주를 무대로 하여 쓴 작품은 여러 편에 이른다.

김동리의 잘 알려진 작품 「무녀도」, 「바위」, 「황토기」 등 토속적인 소재를 바탕으로 한 소설들이 모두 고향 마을 주변을 실제 공간으로 하여 쓰여졌고 널리 애송되고 있는 박목월의 시 「나그네」, 「산도화」, 「윤사월」, 「청노루」, 「경상도의 가랑잎」 등 대표작들이 고향 산천의 정서와 가락이 실린 것들이다.

이 중 김동리의 「무녀도」는 자신이 나고 자란 경주 성건동 일대와 인근의 못 예기소가 무대가 된 작품이다. 지금은 동국대학교 경주분교가 보이는 곳이다. 무당 모화의 집 역시 작가의 동네에 실재했던 무당 집이 모델이 되었다.

지금은 그때의 분위기를 느낄 수 없지만 작가가 이 작품을 쓸 당시만 해도 예기소 주변은 무척 괴기스러운 분위기가 감돌았던 곳이었다고 전한다. 아들을 빼앗아 간 예수 귀신에 대한 원한으로 신령님의 영험을 증명해 보이려고 굿판을 벌이다 물에 빠져 죽은 무당 모화의 슬픈 통곡 소리가 한동안 들렸을지도 모른다.

김동리는 이 소설을, 일제의 조선어 말살 정책에 맞서 문학을 통해 우리의 언어를 남기려는 의도로 썼다고 훗날 술회하고 있다. 조국의 앞날을 기약할 수 없는 상황에서 문학 작품으로 우리글의 아름다움을 남기려고 한 「무녀도」에 우리의 토속신앙인 샤머니즘을 가미한 것은 자연스러운 민족애의 발로로 여겨진다.

작가는 생전에 경주에 거주하는 제자를 앞세우고 모델로 삼았던 무당의 집을 찾아 나선 적이 있었는데 그때의 흔적은 고사하고 정확한 위치조차도 분간하기 힘들어 헛걸음을 한 적이 있었다고 한다. 넉넉한 정신의 자산을 사장시키고 있는 우리의 무지함에 안타까움을 금할 수 없었다.

경주는 또 청록파의 일원으로 활동했던 박목월과 조지훈이 설레는 마음으로 처음 대면한 곳이기도 하다. 경북 영양 출생으로 목월보다 네 살 아래였던 지훈은 목월에게 만나고 싶다는 편지를 보냈다. '봄바람에 날리는 버들가지처럼 멋이 있으면서 단아한 기품의 필체'로 네 장 정도의 긴 사연을 담았다고 하는 지훈의 편지에 목월은 이렇게 답했다.

"경주박물관에는 지금 노오란 산수유꽃이 한창입니다. 늘 외롭게 가서 보곤 하던 싸늘한 옥피리를 마음속에 그리던 임과 함께 볼 수 있는 감격을 지금부터 기다리겠습니다."

지극한 그리움이 아닐 수 없다. 마치 오래도록 멀리서 그리던 연인들의 첫 대면을 연상하게 한다. 목월과 지훈은 「문장」지에 나란히 추천을 받은 경력이 있는데다가 일제에 조국의 말과 얼을 빼앗긴 극한 상황에서 서로에게 깊은 동병상련을 느꼈을 것이다.

그것은 달리 말하면 절망의 끝자리에서 붙잡은 진실한 사람에 대한 그리움이었으리라. 『동아일보』와 『조선일보』가 폐간되고 두 사람의 문학 모태였던 『문장』마저 폐간된 시점이어서 그들이 붙잡을 수 있었던 유일한 끈은 비운의 길을 동행하고 있는 단 한 명의 시우였을지도 모른다.

지훈의 첫인상을 목월은 이렇게 쓰고 있다.

"긴 머리가 밤물결처럼 출렁거리던 그의 첫인상은 시인이기보다는 귀공자 같았다. 티없이 희고 맑은 이마, 그 서글서글한 눈, 나는 서울에서 온 시우를 맞아, 그날 밤을 뜬눈으로 새웠다."

그렇게 뜬눈으로 정담을 나눈 식민지의 시인들은 다음 날 토함산을 오르다 말고 서로의 얼굴을 마주보며 '시를 쓴들 뭘 하느냐?'는 자조 섞인 질문을 서로에게 던지며 탄식하기도 했다.

지훈과 목월은 빼어난 시로써 서로의 마음을 주고받은 사이로도 유명하다. 지훈이 경주에 4~5일 머물다 간 뒤 목월에게 보낸 시가 「낙화」이고 그에 목월이 화답한 시가 「나그네」다.

'꽃이 지기로소니/ 바람을 탓하랴.'로 시작하여 '꽃이 지는 아침은 울고 싶어라.'로 끝맺는 지훈의 「낙화」에 목월은 '강나루 건너서/ 밀밭길을// 구름에 달 가듯이/ 가는 나그네'로 화답한 것이다. 세간에 알려지기는 목월의 「나그네」는 지훈의 시 「완화삼(玩花杉)」에 화답한 시로 알려져 있지만 그 「완화삼」에 화답한 시는 「나그네」가 아니라 「밭을 갈아」라는 시였다고 목월은 자신이 쓴 수필에서 밝히고 있다.

'차운 산 바위 우에 하늘은 멀어/ 산새가 구슬피 울음 운다.// 구름 흘러가는/ 물길 칠백 리// 나그네 긴 소매 꽃잎에 젖어/ 술 익는 강마을 저녁놀이여.'로 이어지는 지훈의 「완화삼」과 목월의 「나그네」가 전체적인 분위기와 운율에서 마치 짝을 이루듯이 흡사하여 그런 오해가 생긴 것 같다.

경주 현대호텔 앞 보문 인공 호수를 그윽이 내려다보는 자리에 목월의 시비가 있다. 제자에게 보낸 편지에 담았던 시 「달」을 육필 그대로 새긴 것이다.

상화와 육사,
그리고 대구 경북의 시인들

경주에서 자동차로 한 시간 거리인 대구는 민족시인 이상화를 낳은 곳이다.

3·1운동 당시 대구에서 학생의 신분으로 참가하는 등 독립운동으로 수차례의 옥고를 치렀으며 「나의 침실로」, 「빼앗긴 들에도 봄은 오는가」 같은 울분에 찬 저항시를 썼던 이상화는 식민지의 한을 풀지 못하고 운명한 비운의 시인이다.

우리 민족이 일제의 압박에서 해방되려면 많이 배우고 힘이 있어야 한다는 일념으로 대구 교남학교의 무보수 교원으로 글을 가르쳤던 그는 시, 소설, 평론, 수필, 번역 등 여러 분야에 재능을 보인 문사였다. 지금 대구 달성공원에 이상화 시비가 있다.

경북의 문화권은 대구가 그 중심이다. 경남의 여러 자양분들이 부산이라는 도시를 형성했듯이 경북의 자양분은 교육과 행정의 중심지인 대구로 흘러 들어와 독특한 문화를 형성하고 있다.

특정 지역의 문화적 특성을 따지는 일은 밖으로 드러난 결과만으로 이해하기에는 부족한 점이 많다. 오히려 현재 드러난 문화적 특성의 발원지를 거슬러 올라가 보는 것이 전체적인 맥을 짚는 데 용이할 수 있다.

경남이 지리적 특성 때문에 바다 정서에 가깝다면 경북은 내륙의 정서에 더 가깝다. 경남의 주요 문인들이 주로 부산, 마산, 통영, 남해 등 해안을 중심으로 배출되었다면 경북은 대구, 안동, 청송, 영양, 의성 등의 내륙 지방에서 태어난 문인들이 주축을 이룬다.

이런 환경적 요인들은 경남의 문학언어를 거칠고 투박한, 그러면서도 서정적인 바다의 언어가 혼재하도록 만들었고 경북의 문학언어를 관념과 상징에 가깝게 했다. 경남의 문학언어에서 쉽게 찾아볼 수 있는 바다와 섬의 이미지들을 경북의 문학언어에서는 쉽게 찾아볼 수 없고, 경북의 문학언어에서 자주 만나게 되는 산골 이미지를 경남의 문학언어에서는 가끔 만나게 될 뿐이다.

그러나 그 경계를 확연히 구분할 수는 없을 것이다. 동란과 산업화 등의 인구 이동이 그러한 경남·북의 특성을 어느 정도 융합시키고 있는데 그 대표적인 예로 김춘수 시인을 들 수 있다. 그는 남쪽 바다 끝 통영이 고향이지만 해양과 내륙의 이미지를 통합한 이채로운 시세계를 이루었다. 대구 토박이로 영남대·계명대에서 후진을 기른 신동집 시인과 경북대에서 오랫동안 후진을 배출한 김춘수 시인은 오늘의 풍성한 대구 시단을 있게 한 두 스승이다.

동양적인 관조로써 사물의 의미를 탐구한 신동집 시인과 인식과 이미지를 중시하는 무의미 시를 구축해온 김춘수 시인의 존재는 대비되는 점이 많다. 가령 신동집 시인이 '빈 콜라병에는/ 가득히 빈 콜라가 들어 있다/ 넘어진 빈 콜라병에는/ 가득히 빈 콜라가 들어 있다(「빈 콜라병」 중에서)'라고 노래할 때 김춘수 시인은 '내가 그의 이름을 불러주기 전에는/ 그는 다만/ 하나의 몸짓에 지나지 않았다// 내가 그의 이름을 불러주었을 때/ 그는 나에게로 와서/ 꽃이 되었다(「꽃」 중에서)'고 노래한다.

흥미롭게도 대상을 보는 시각이 상반된다. 신동집 시인은 대상의 본질을 관조하고 있지만 김춘수 시인에게 있어 대상은 새롭게 명명해야 할 미지의 존재로 인식된다.

부산 시단에 비해 대구 시단은 몇 줄기로 이어지고 분화하는 계보가 그려진다는 점도 흥미로운 사실이다. 그것은 경남·북의 서로 다른 문화적 토양 때문이 아닐까. 경북의 대부분 지역이 토착 양반계급을 중심으로 전통문화권이 큰 변형 없이 이어져온 데 비해 경남의 주요 도시들은 산업화의 과정에서 급속하게 형성된 탓으로 그 뿌리가 약해졌기 때문으로 보인다.

그러한 경북의 문화적 토양은 안동이 그 근원이 되지 않았을까. 지금도 안동은 거대한 서원의 도시 같은 분위기를 풍기고 있다. 외지인이 쉽게 동화될 수 없는, 조용히 가라앉아 있는 안동의 거리를 걷다 보면 어디 멀리서 유생들의 글 읽는 소리가 들리는 듯하다.

이런 유교적 절제와 지조의 고장 안동은 민족시인 이육사가 태어난 곳이다. 우리 현대문학을 일군 큰 시인 작가들의 발자취를 쫓다 보면 출생지가 주는 이미지가 그 작품이나 생전의 행적과 절묘하게 맞아떨어지는 수가 많은데 안동과 이육사도 그렇게 궁합이 잘 맞아떨어진다.

이육사는 시인이기 이전에 독립운동가였다. 1904년 안동군 도산면 원촌리에서 태어난 그는 조국의 광복을 채 보지도 못하고 1944년 이국땅의 차디찬 북경 감옥에서 생을 마감해야 했다. 북경사관학교에 입학하여 군사교육을 받던 중 1927년 일시 귀국했다가 조선은행 대구지점 폭파사건에 연루되어 3년형을 받아 처음으로 투옥된 후 무려 17회의 옥고를 겪은 험난한 지사의 삶이었다.

그가 원록이라는 본명을 버리고 육사라는 이름으로 문필활
동을 하게 된 것도 옥살이 체험 때문이다. 처음으로 옥살이를
할 때 그의 수인번호가 64번이었던 것이다. 육사가 자신의 이
름을 버리고 수인 번호를 필명으로 쓴 것은 옥살이를 하며 수
없이 입술을 깨물었을 조국 광복의 염원 때문이었을 것이다.
식민지 백성에게 이름이 무슨 소용이 있었으랴.

이후 육사는 중국 만주 등지를 전전하며 짧은 생애를 독립
운동에 바쳤다. 그가 시를 중심으로 한시 시조 논문 평론 시나
리오 번역 분야의 광범위한 문필 활동을 편 것은 1933년부터
1941년까지 불과 8년에 지나지 않는다. 그러나 대다수 문인
들이 민족의 자존심을 버리고 변절하여 오명을 남겼던 시기에
서정적인 저항시를 쓰다가 끝내 외로운 죽음을 맞았던 지조
는 두고두고 후세의 귀감이 될 만하다.

까마득한 날에
하늘이 처음 열리고
어데 닭 우는 소리 들렸으랴

모든 산맥들이
바다를 연모해 휘달릴 때도
차마 이곳을 범하던 못하였으리라

끊임없는 광음을
부지런한 계절이 피여선 지고
큰 강물이 비로소 길을 열었다

지금 눈 내리고
매화향기 홀로 아득하니
내 여기 가난한 노래의 씨를 뿌려라

다시 천고의 뒤에
백마 타고 오는 초인이 있어
이 광야에서 목놓아 부르게 하리라

육사의 잘 알려진 시 「광야」 전문이다. 이 시는 육사가 옥사
한 뒤 그의 아우가 수습한 유고 중의 한 편이다. 죽기 전에 부
른 절명사絕命詞답게 시공의 한계를 초월하는 장엄한 울림을
준다. 육사추모회에서 이 시를 새겨 안동댐 근처에 시비를 건
립했고 그가 태어난 고향 마을에도 「청포도」를 담은 시비가
있다.

이 밖에도 안동은 문학기행 코스로 가볼 만한 곳이 많다. 도
산서원을 비롯해 여기저기 산재한 서원들과 민속의 보고인 하

회마을이 있고, 임하댐 건설로 수몰 위기에 처한 고가들을 옮겨 김원길 시인이 조성한 지례예술촌이 하룻밤 묵어가기를 권한다. 지례예술촌은 발아래 내려다보이는 안개 자욱한 골짜기와 호수가 한 폭의 동양화 같은 곳이다.

안동과 인접한 영양은 역시 식민지를 살다간 시인 오일도가 태어난 곳이다. 1901년부터 1946년까지 살았던 오일도는 동양적 서정을 바탕으로 소박한 시를 썼으며 사재를 털어 문예지 『시원』을 발간하기도 한 시인이었다. 민족의 떠도는 현실을 고향을 떠나 방황하는 나그네의 심정으로 노래한 「노변의 애가」 등을 남기고 있다.

경북의 끝 문경새재는 김주영의 대하소설 『객주』의 주 무대가 된 곳이다. 김주영은 경북 청송 출생으로 안동 엽연초 생산조합에 근무하며 문협 안동지부장을 지내기도 한 소설가다. 어려운 무명시절을 안동에서 보내며 험한 문경새재를 10여 차례나 오르며 소설 『객주』의 뼈대를 세웠다.

각 지역의 토산물을 거간하고 팔며 숙박을 제공하기도 한 객주를 중심으로 조선시대 보부상들의 삶을 그려낸 이 소설은 이익과 의리 사이에서 고뇌하고 온갖 폭력과 계략이 전개되는 상인소설이라는 점에서 특이한 서사 구조를 갖고 있다.

작가는 『객주』의 후기에서 이 소설을 쓰게 된 동기를 저잣거리에서 보낸 어린 시절의 경험 때문이라고 적고 있다. 그것은 아마 육화된 내륙의 삶을 지칭하는 것이 아닐까. 태어난 곳, 부대끼며 자란 산과 강과 들과 고개의 체험들이 작가에게는 문학적 밑천이 되었을 것이다. 결국 인생은 저잣거리의 삶이고, 문학은 끝없이 내륙을 횡단하며 고개를 만나면 쉬고 해가 뜨면 다시 길을 재촉하는 고단한 인생들의 애환이 빚어낸 언어이기 때문이다.

유치환과 백석,
통영문학기행

1.

　통영 청마문학관에 가려고 나서던 날은 전형적인 장마 날씨였다. 금방이라도 비가 올 듯 무거운 구름이 드리워졌다가는 어느 사이 언제 그랬냐 싶게 쨍쨍 햇빛이 쏟아지기도 하며 변덕을 부렸다. 길을 나설 때 쨍쨍하던 하늘은 남해고속도로로 접어들자 빗방울을 흩뿌리기 시작했다. 비가 내리자 잠시 땡볕에 뜨거워져 있던 고속도로는 길게 늘어서서 뿌려지는 빗방울들을 맞고 있었다. 자동차의 엔진소리와 속도감 때문에 정확히 들리지는 않았지만 길들은 다투어 몸을 내밀고 아 시원해, 아 시원해 소리를 내지르기도 했을 것이다. 그런 사정은 흘러가는 낙동강도 마찬가지여서 햇빛 사이를 흘러온 미지근한 강물과 금방 하늘이 뿌려준 시원한 빗방울이 행복하게 조우하고 있었다.

멀리 저마다의 자세로 누워 있던 경상도의 산들이 가까이 다가왔다가 제자리로 돌아가기를 거듭하며 차창을 스쳐 지나갔다. 그 산과 들은 어떤 것은 고개를 들고 단정하게, 어떤 것은 비스듬히 누운 채, 또 어떤 것은 모질게 우리가 달리는 고속도로로부터 등을 돌린 형상이었다.

경상도와 전라도의 가락이 확연히 다른 것은 그런 산수의 차이 때문이다. 전라도의 산수는 큰 기복이 없는 둥근 형상이며 그 온유한 자연물이 감칠맛의 가락을 낳았다. 경상도의 산수는 그에 비해 변화와 굴곡이 심한 편이고 그 팍팍한 자연물이 역동적이고 거칠기까지 한 가락을 낳았다. 전라도의 가락이 미당 서정주라면 경상도의 가락은 청마 유치환일 것이다. 미당은 시 「冬天」에서 이렇게 노래했다.

내 마음 속 우리 님의 고운 눈썹을
즈믄 밤의 꿈으로 맑게 씻어서
하늘에다 옮기어 심어왔더니
동지섣달 날으는 매서운 새가
그걸 알고 시늉하며 비끼어 가네.

전라도의 가락을 품은 미당의 시는 조화와 화해가 대체로 쉽게 이루어지는 서정이다. 내 마음이 맑게 씻어 하늘에 옮겨 심어 놓은 고운 님의 눈썹을 매서운 새가 알고 비끼어 간다. 비껴갈 뿐 아니라 짐짓 그 눈썹 모양을 시늉까지 하며 날갯짓 한다. 나의 그리움과 새의 그리움이 행복하게 하나가 되는 순간이다. 이에 비해 청마의 서정은 시「그리움」에 그려진 대로 쉽게 합일되지 못하는 불우한 과정 속에 있다.

　　파도야 어쩌란 말이냐.
　　파도야 어쩌란 말이냐.
　　임은 뭍 같이 까닥 않는데
　　파도야 어쩌란 말이냐.
　　날 어쩌란 말이냐.

　청마의 파도는 미당이「冬天」에서 나와 님 사이에 그려 넣은 새처럼 행복한 매개물이 되지 못하고 불협화음으로 철썩이고 있다. 미당이 구성진 남도가락으로 유유자적하는 시편들을 다수 남긴 데 비해 청마의 영남가락은 선이 굵고 질기다. 청마가 살았던 경상도의 산과 들, 강과 바다가 흔하디흔한 자연물이 아니라 청마 시의 가락을 있게 하고 신명 나는 추임

새를 불러 넣어준 휘모리장단이었다면, 그 아래의 강과 바다
는 때로는 비가처럼 잔잔하고 애잔하게 때로는 질풍노도처럼
휘몰아치는 격정이었으리라.

빗방울은 창원 마산 나들목을 지나 고성 삼천포까지 내리
다가 멈추기를 거듭하며 차창 유리에 심심찮은 무늬를 만들
어주었다. 시를 찾아가는 길에, 더더욱 그리움의 시인 청마의
발자취를 좇아 가는 길에 어찌 눈물 몇 방울이 없을 수 있겠
는가.

고성 지나 낮은 산굽이를 몇 차례 굽이쳐 돌고 나자 불현듯
통영 바다가 눈앞에 나타났다. 통영의 바다는 해안선과 눈앞
에 뜬 크고 작은 섬들 때문에 육지가 가둔 편안한 호수 같았
다. 차를 멈추고 그 아래로 내려다보이는 어촌 풍경을 한참이
나 바라보았다. 모든 바라봄이 그러하겠지만 통영의 정취는
더더욱 이 정도의 원거리가 제격일 것이었다. 구부러진 해안
선을 품고 있는 통영의 바다는 푸, 하는 입김 한 번에도 금방
물살을 일으키며 찰랑거릴 것 같았다.

청마는 바다 밖의 온유함을 보지 않고 쉼없이 들끓는 바다
의 내면을 보았다. 그 역시 어떤 아지 못할 열정으로 그렇게
들끓고 있었기 때문이리라. 청마는 시 「바다」에서 '오라 어서
너 오라/ 밤낮으로 설레어 스스로도 가눌 길 없는/ 이 설은 몸
부림의 노래가 들리지 않느냐 (…) 아아 내 안엔/ 낮과 밤이 으

174

르대고 함께 사노라/ 오묘한 오묘한 사랑도 있노라/ 삽시에 하늘을 무찌르는 죽음의 포효도 있노라'고 노래했다.

청마문학관은 동호만이 내려다보이는 언덕에 자리 잡고 있었다. 어구들을 취급하는 바닷가를 돌아 문학관으로 올라가는 길은 넓은 계단으로 이어져 있었다. 토요일 오후였는데도 마당을 지나 문학관 안으로 들어서기까지 내가 만난 사람은 입구를 지키고 있던 여직원 한 명뿐이었다. 나는 정적이 감도는 문학관 안으로 들어서며 유인물에 나와 있는 문학관 안내문을 읽었다.

2000년 2월 14일 망일봉 기슭 1,220평 부지에 청마 관련 자료를 전시할 전시관과 본채 아래채로 복원한 생가를 개관했다. 전시관은 그리 넓지 않았으나 청마의 삶을 조명하는 '청마의 생애' 편, 시작품의 변천과 대표작품을 살펴볼 수 있는 청마의 작품세계' 편, 청마가 사용하던 유품들과 생전과 사후에 발간된 작품집, 저서, 관련 평론, 논문 등을 정리한 '청마의 발자취' 편, 청마의 시를 낭송으로 들려주는 '시 감상 코너' 등으로 아기자기하게 꾸며져 있었다.

유품 100여 점과 각종 문헌자료 350여 점이 함께 진열된 이 전시관에서 나의 발길이 오래 머문 곳은 청마가 생전에 사용했다는 거울 앞이었다. 생전에 쓴 원고지와 편지들 중간에 놓인 그것은 구불구불한 청마의 육필만큼 시간의 벽을 넘어 청마 앞으로 성큼 다가가게 했다. 거기에 고요한 청마의 얼굴이 떠올랐다. 좀체 소리를 내서 웃을 것 같지 않은, 오래 침묵하다가 무슨 말인가 한 마디쯤만 해줄 것 같은 청마의 거울 속 잔영 앞에 나는 마음을 졸이고 서 있었다.

그래 어떻게 왔는가? 요즘 시는 잘 쓰여지는가?

뭐 이런 덕담이라도 한 마디 들으려고 서 있는 나를 청마는 한 점 흐트러짐도 없이 물끄러미 응시할 뿐이었다. 그러다가 그냥 돌아서 가는 나를 보며 허허, 하고 짧게 웃었을 것이다. 청마의 시선은 견고함이었다. 견고한 그리움, 그리움의 대상에 쉽게 휘몰리지 않고 그리움의 대상과 그리워하는 자아가 언제나 일정한 거리에 있는 견고함. 청마는 그것을 깨뜨리고 싶지 않았을 것이다.

문학관을 돌아 나오는데 한 장의 흑백사진이 시선을 잡았다. 1967년 2월 17일 부산시청 앞을 지나고 있는 청마의 유해를 실은 장례 행렬 사진이었다. 그 사진은 운구차의 뒤꽁무니에 흰 견장을 두르고 일렬로 터벅터벅 뒤따르는 남자들의 흐릿한 모습을 담고 있었다. 카메라에 등을 보이고 선 일군의 사람들이 혹은 뒷짐을 진 채 혹은 차렷 자세로 서 있었다. 그 사진을 들여다보고 있자니 어쩐 일인지 그때 그 장례 행렬의 풍경에는 형상만 있을 뿐 소리는 존재하지 않았던 것처럼 느껴졌다. 마치 음향이 꺼진 흑백영화를 보듯이 그 행렬은 아무

런 기척도 남기지 않고 지금도 어디론가 터벅터벅 나아가고
있었다.

　문학관 오른쪽 계단을 올라 생가를 재현해놓은 곳으로 들
어서자 바다가 더 잘 내려다보였다. 방 3칸과 부엌이 딸린 본
채와 사랑채가 있었는데 본채 가운데 방에는 유 약국 주인으
로 건재를 썰고 있는 청마 부친의 형상이 앉아 있었다. 한가롭
게 내려다보이는 바다 때문이었던지 생가를 재현해 놓은 곳은
자료관보다 더 고요해 보였다.

　그리 넓지 않은 본채 마루에 앉아 한 청년이 책을 읽고 있었
다. 주변의 고요한 풍광 때문에 그 모습 역시 청마 부친의 형상
처럼 만들어진 것인 줄 알았는데 여기저기 사진을 찍는 나를
보더니 책을 읽던 청년이 슬그머니 자리에서 일어나 마루에 배
낭만 남겨 놓고 돌담 쪽으로 비켜섰다. 그리고는 아무래도 그
배낭이 신경 쓰이는지 치워 드릴까요? 하고 물었지만 나는 아
무 대답도 하지 않았다. 그 한 마디의 응답이 꼬리에 꼬리를 물
어 쓸데없는 대화의 물꼬가 트이는 것을 나는 원치 않았다. 그
청년이나 나나 지금 청마문학관에 머물러 있는 것은 아련한 적
요 때문일 것이다. 그 즐거움을 깨뜨리고 싶지 않았다.

　열린 사립문 사이로 동호만의 푸른 빛깔이 가득 밀려왔다가
는 밀려가고 통통배들도 그 물결을 따라 마당까지 들어섰다
가 물러나기를 반복하고 있었다. 수런대는 주말 오후로 느껴

지지 않는 다소곳한 정적이었다. 그 정적에 가만히 파동을 일으키며 청년이 책장을 넘겼다. 활자들이 청년의 눈과 귀와 코를 통해 가슴 안으로 스며들고 있는 것이 느껴졌다. 뒤란 장독대로 가서 눈요기로 만들어 놓은 굴뚝과 크고 작은 장독들 사이에서 서성이다가 장독을 열어 보니 모두 텅 비어 있었다. 거기에 머리를 처박고 아아, 소리를 내지르고 싶었지만 책 읽는 청년에게 방해가 될까 봐 그만두었다.

문학관을 나오면서 입구 방명록을 뒤적거려 보다가 최근에 적어 놓고 간 이름들 중에서 아는 문인들의 이름을 몇 발견하고 반가웠다. 부산에서 대구에서 울산에서 마산에서, 그들은 여기까지 와서 무엇을 보고 갔을까. 이곳저곳을 유심히 살펴보는 내가 신경이 쓰였는지 관리인은 대부분 서명을 하지 않고 가기 때문에 방문객은 이보다 훨씬 많으며, 봄, 가을에는 학생들이 단체소풍을 오기도 한다고 일러주었다. 최근 여러 지방자치단체에서 앞다투어 문화 예술을 애지중지하는 것은 보기 좋지만 그 저변에 깔려 있는 관광 상품으로서의 효용 가치에 너무 집착하는 것은 경계해야 할 것이라는 생각이 들었다. 환금성을 잣대로 그 값어치와 무게를 판가름하기 쉬울 것이기 때문이다. 며칠에 단 한 명이 찾아올지라도, 문화예술의 가치는 상대적인 것이 아니라 절대적인 것이어야 하지 않을까.

2.

통영 시내의 '청마거리'를 찾아간다는 것이 길을 잘못 드는 바람에 도천동 통영여중고 앞에서 한참을 헤매게 되었다. 강형철 시인이 『대산문화』에 박경리 선생의 고향 통영을 취재한 글의 사진에서 '청마거리' 표지판을 본 적이 있는데 내가 길을 잃고 헤맨 곳은 '윤이상거리'였다. 중요한 예술인들을 여럿 낳은 고장이고 동시에 기념사업이 진행되고 있는 곳이다 보니 예기치 않은 선물도 주는가 보다.

청마와 윤이상의 연관성은 오래전 월간 『현대시학』에 김춘수 시인이 공개한 한 장의 사진 속에서 확인할 수 있었다. 1945년 통영문화협회가 결성되고 그 창립 멤버들이 통영 남쪽에 있는 해발 700미터의 미륵산 산발치에서 기념 야유회를 가지면서 찍은 사진 속에 청마와 윤이상과 김춘수가 있었다. 다른 사람들은 다 정장 차림이었는데 청마만 유독 일제 때 입던 국민복 차림이었다.

윤이상거리를 몇 번 뺑뺑 돌다 중앙동 우체국을 만날 수 있었다. 이영도가 살고 있는 길 건너 이층집을 바라보며 청마가 편지를 쓰고 부쳤다는 그 우체국은 철문이 굳게 내려져 있었다. 그것은 토요일 오후의 업무 종료를 알리는 것이라기보다,

또박또박 누군가에게 설레는 마음을 쓸어내리며 편지를 쓰고 그 편지를 부치러 우체국으로 가서 우표를 붙이던 일련의 행위에 대한 종결을 생각하게 했다. 그리움의 주소지에 순수라는 이름을 써서 보내던 그 편지들은 이제 발신인도 수취인도 다 잃어버린 지 오래일 것이다.

—사랑하는 것은
사랑을 받느니보다 행복하나니라.
오늘도 나는
에메랄드 빛 하늘이 환희 내다뵈는
우체국 창문 앞에 와서 너에게 편지를 쓴다.

행길을 향한 문으로 숱한 사람들이
제각기 한 가지씩 생각에 족한 얼굴로 와선
총총히 우표를 사고 전보지를 받고
먼 고향으로 또는 그리운 사람께로
슬프고 즐겁고 다정한 사연들을 보내나니.

세상의 고달픈 바람결에 시달리고 나부끼어
더욱 더 의지 삼고 피어 헝클어진
인정의 꽃밭에서

너와 나의 애틋한 연분도
한 방울 연련한 진홍빛 양귀비꽃인지도 모른다.

──사랑하는 것은
사랑을 받느니보다 행복하나니라.
오늘도 나는 너에게 편지를 쓰나니
──그리운 이여, 그러면 안녕!

설령 이것이 이 세상 마지막 인사가 될지라도
사랑하였으므로 나는 진정 행복하였네라.

그 우체국을 오가는 중에 쓰였을 청마의 「행복」 시비가 특이한 형상으로 서 있는 우체국 화단 앞에 쭈그리고 앉아보았다. 갖가지 사연들을 받아냈을 우체통은 붉고 뜨거워 보였다. 수도 없이 많은 사랑의 밀어들을 받아내느라, 또 그 비밀들을 말없이 자기 안에 묻어 두느라 우체통은 저렇게 붉은 낯빛이 되었으리라. 그 사랑의 성찬들 속에 청마의 것도 있었을 것이다.

청마는 통영여중 재직 중에 새로 부임해 온 이영도 시인을 만났고 그가 보낸 무수한 편지 중의 일부는 훗날 책으로 묶여 나왔다. 이영도 시인에게 보낸 6천여 통의 편지뿐만 아니라 또 다른 여인에게 보낸 편지도 많았다고 전해지는데 그만큼 청마의 내면은 알지 못할 그리움과 연정으로 늘 들끓고 있었던 모양이다.

중앙동 청마거리 근처에는 부인이 운영하던 충무교회 내 문화유치원과 청마 재직 당시 통영여중 교사로 사용했던 통영문화원이 있었다. 그 시절의 문화유치원 건물은 헐린 지 이미 오래되었지만 교회에 속한 유치원은 아직 존속하고 있었고 통영여중 교사로 쓰던 붉은 벽돌의 건물은 그대로 남아 있어 다른 용도로 쓰이고 있었다. 그 건물들의 마당에서 한참을 서성이며 아직 어느 구석엔가 남아 있을 청마의 체취를 맡으려고 나는 코를 킁킁거렸다.

청마가 부산예총 지회장을 하던 시절에 사무국장을 했던 소설가 윤정규 선생의 회고에 따르면 업무 때문에 경남여고나 남여상의 교장실로 찾아가면 청마는 꼭 교문까지 배웅을 나와주었다고 한다. 생전의 그런 자상함을 생각할 때 비록 까마득한 후배 시인이기는 하지만 청마가 일손을 놓고 나와서 내 손을 가만히 잡아줄 것도 같았다.

청마의 따뜻하고도 강직한 면모는 부인과 딸이 남긴 글에서도 엿볼 수 있다. 지금은 고인이 된 부인 권재순 여사는 1971년 청마문학회가 간행한 『청마문학』 1집에 이렇게 쓰고 있다.

오늘 따라 새삼 가슴을 저미는 생각은 당신이 혼자 홀연히 떠나시기 며칠 전 "그동안 너무 미안했소. 당신 명경과 외투를 하나 장만했으면 좋겠는데…." 하시던 그 마지막 말씀이 지금도 제 귓전을 두드리고 있습니다. 돌이켜 생각하면 이 마지막 말씀은 모든 어려웠던 사연들을 위로해주시느라고 하신 말씀이었음을 나는 알고 있소. 언제나 과묵하신 당신의 그 성품을 알고 있는 저로서는 지금 세상의 그 어떤 값진 물건보다 당신이 마음속에서나마 마련해주신 그 마지막 명경과 외투를 제 가슴 속에 소중히 지닌 채 항상 기뻐하고 있소. 천국엔들 명경과 외투가 없겠소. 제 쉬 당신 곁으로 가면 그 마음 푸시고 제가 살을 깎아서라도 멋진 당신의 명경과 외투를 장만해드리리다.

통영공립보통학교 4학년 때 만나 결혼에 이른 부인 권재순 여사에게 청마는 일본 유학시절 이틀에 한 번 꼴로 편지를 쓸 정도로 연정을 표시했었다. 장녀 유인전 역시 같은 책에 쓴 글에서 "우리의 잘못을 얼굴 붉히고 큰 소리로 꾸중하지 않고 어머님을 통하거나 해서 바른 길을 가르쳐주시던 아버님을 저는 철들면서부터 두려움과 존경으로 대해왔습니다."고 적었고 차녀 유춘비는 청마의 성품을 잘 들여다보게 하는 일화 한 토막을 소개하고 있는데 그 줄거리를 요약하면 다음과 같다.

여중에 다닐 때 아버지가 남루한 옷차림의 열 살쯤 되어 보이는 사내아이를 집에 데리고 왔는데 여수반란 사건 때 아버지 어머니와 헤어져 방방곡곡으로 부모를 찾으러 다닌다고 했다. 아버지는 딱하게 여겨 신문사에 연락도 하고 백방으로 알아보시기도 하며 며칠을 집에서 묵게 했는데 그 아이가 아버지 책상 위에 있던 시계와 만년필을 훔쳐서 가버렸다. 우리는 쪼그만 애가 도둑질을 하고 다닌다고 괘씸하게 생각하며 욕을 했다. 어머니도 불쌍하다고 알지도 못하는 애를 무작정 집에 둔 게 잘못이라고 화를 내기도 하셨다. 아버지는 아무 말 없이 계시다가 우리는 그까짓 것 없으면 또 사면 되지만 그 애는 그것 가지고 부모만 찾게 된다면 더 이상 좋은 일이 있겠느냐고 하셨다. 이렇게 아버지는 누구에게나 관대하고 어떤 경우에도 상대방을 원망하지 않았다. 또 평소에는 조용히 집필에만 열중하시다가도 약주만 드시면 호방한 웃음과 유머로 온 가족을 웃기셨다. 일제시대 창씨개명을 할 때 우리 형제들이 아무리 졸라도 지금 이름이 가장 좋은 것이라고 들어주시지 않아 학교에서 야단맞은 일도 있었다.

청마거리는 입구와 중심부에 세워 놓은 두 개의 표지판과 우체국 앞의 시비를 제외하면 다른 소도시의 이면도로와 별

구별이 되지 않을 정도로 평범했다. 좁은 길에 차들은 들쑥날쑥 서 있었고 상점의 진열장에는 고만고만한 상품들로 채워져 있었다. 거리를 빠져나오면서 청마거리에 걸맞게 서점이라도 하나 있었더라면 덜 서운했을 것이다.

우리의 발길은 청마거리를 벗어나 인근에 있는 제일고등학교 앞으로 이어졌다. 청마가 교직 생활을 처음 시작했던 협성상업학교 자리였다. 청마의 교직 경력은 줄잡아 30년에 이른다. 1934년에서 1940년 통영 협성상업학교 교사를 시작으로 1945년에서 1948년 통영여중 교사, 1948년에서 1955년 경남 안의중학교 교사, 1959년 경주고 교사, 1961년 경주여중고 교장, 1962년 대구여고 교장, 1963년 부산 경남여고 교장을 거쳐 1965년 부산 남여상 교장 재직 시 운명하게 되는데 부산 경남여고에서 남여상으로 전근 발령이 났을 때는 경남여고 학생들이 철회시위를 했다는 이야기도 전한다. 남여상 교정에는 청마가 운명한 그해 가을에 스승을 사모하는 마음을 모아 졸업생들이 세웠다는 시비가 있다.

3.

당일치기로 잡았던 일정을 1박 2일로 바꾸어놓고 고만고만한 어선들이 고개를 들이박고 잠들어 있는 동호만 선착장 앞

문화마당에 앉았다. 벤치와 보도블록이 가지런히 놓인 문화마당은 꽤 넓은데도 번잡하지 않아서 좋았다.

　문화마당 바닥에 퍼질러 앉았다가 벌렁 누웠다가를 반복하다가 충무김밥을 안주로 몇 병의 술을 비웠다. 구름이 많이 드리워진 하늘이었지만 그 사이로 몇 개의 큰 별이 보였다. 시인이 죽어 별이 된다면 청마의 별이 아마 저러할 것이다. 부드러운 밤의 양탄자 위에 박아둔 초롱초롱한 별이 아니라 잿빛 구름을 뚫고 홀로 나와 선 시린 별 하나. 청마의 연시들은 부드러우나 부드럽지 않은, 좀처럼 동화되지 않을 강인한 윤곽이 있다. 청마가 포착한 현실에는 억세고 질긴 의지가 있지만 속으로 축축하게 젖은 눈빛이 있다. 그것은 마치 청마가 시 「산」에서 노래한 대로 산은 산이되 '밤새도록 혼자서' 촉촉이 비를 맞고 서 있는 산의 형상일 것이다. 그것이 지금의 저 별과 닮았다.

　밥만 넣은 김밥과 해산물 깍두기로 된 찬이 따로인 충무김밥은 안주도 되고 밥도 되는 음식이었다. 고기를 잡으러 바다에 나가 있는 뱃사람들의 형편에 맞추어 정착된 음식이겠지만 술꾼에게도 참 적합한 먹거리라는 생각이 들었다. 술배가 웬만큼 차고 다시 눈이 저만큼 마주한 뱃머리를 향했을 때 나는 청마의 시 중에서도 특히 남성적 맥박이 뛰는 「생명의 서」를 떠올렸다.

나의 지식이 독한 회의를 구하지 못하고
내 또한 삶의 애증을 다 짐지지 못하여
병든 나무처럼 생명이 부대낄 때
저 머나먼 아라비아의 사막으로 나는 가자.

거기는 한 번 뜬 백일이 불사신같이 작열하고
일체가 모래 속에 사멸한 영겁의 虛寂에
오직 알라의 신만이
밤마다 고민하고 방황하는 熱沙의 끝

그 열렬한 고독 가운데
옷자락을 나부끼고 호올로 서면
운명처럼 반드시 '나'와 대면ㅎ게 될지니
하여 '나'란, 나의 생명이란
그 원시의 본연한 자태를 배우지 못하거든
차라리 나는 어느 사구에 회한 없는 백골을 쪼이리라.

4.

일요일 아침의 서호시장은 일찍부터 사람들로 부산했다. 아

직 휴일 단잠에 빠져 있을 식구들을 위해 싱싱한 찬거리를 준
비하러 나왔을 여인네들 사이를 요리조리 지나 시장 골목의
해장국집으로 들어갔다. 무엇을 따로 주문할 필요가 없이 푸
짐한 시락국 한 사발과 밥 한 공기가 나왔다. 반찬은 디근 자
식탁 안쪽에 뷔페식으로 그득 담겨 있어서 각자 덜어 먹게 되
어 있었다. 오랫동안 명성을 유지하고 있는 식당들이 대체로
그렇듯이 몇 명의 여인들이 종사하는 그 식당 분위기도 고객
서비스는 영 엉망이었다. 손님이 오는지 가는지 거들떠보지도
않고 국과 밥, 반찬을 덜어 먹는 사발 하나를 안겨주고는 끝
이었다.

　시락국 국물은 걸쭉하고 은근했다. 아침을 든든하게 해결하
고 서호시장 난전에 펼쳐진 해산물들을 구경했다. 팔뚝만 한
갈치들이 유난히 많이 나와 있었다. 반짝이는 아침 햇살과 어
물전 갈치의 은빛 등이 무척 잘 어울렸다. 서호시장의 어물전
들을 기웃거리고 다니는 동안 이 어물전을 오래전에 청마도
자주 거닐었을 것이라는 생각이 들었다. 청마는 시 「어시장에
서」에서

　　신아침 어시장엘 가 보았는가.
　　바닷물로 씻기운 그 너른 시멘트바닥 온통
　　웅성대는 사람떼들의 내려다보는 발 밑 아래 밤 사이 건져

다 쏟아놓은
　갖가지 크고 작은 청신한 어족들

　(…)

여기에 오면 나도 어부가 되고 싶다.
그리하여 저 대해의 심산유곡으로 헤치고 나아가
억센 그들과 맞싸우며 그들을 모조리 잡아 비끌어 오고 싶다.

고 쓴 바 있다. 끊임없이 사랑을 갈구하고 생명의 시원을 노래
한 시인에게 어시장에서 만난 퍼덕이는 생선들은 반짝이는 영
롱한 생명체들이었을 것이다. 그때 청마가 어시장 난전의 이
곳저곳을 기웃거리며 어류의 이름을 묻고 값을 물으며 망망대
해로의 출항을 꿈꾸었던 것처럼 우리도 저 바다의 '심산유곡'
으로 훌쩍 떠나고 싶었다.

　그 어시장 한편에서 나는 청마와 비슷한 시기에 태어나 작
품활동을 시작했던 백석을 떠올렸다. 청마와 백석은 1908년
과 1912년에 태어나 1931년과 1930년에 작품 활동을 시작했
다는 점에서 동시대의 시인으로 일컬을 만하다. 특히 통영을
축으로 할 때 두 시인의 연관성은 더욱 두드러진다. 청마가 통

영에서 사랑하는 아내와 이영도를 만났듯이 백석도 통영에 사랑하는 한 여인이 있었다. 백석이 1936년에 발표한 일련의 시 「남행시초」에 등장하는 통영 창원 고성 삼천포 등은 그 여인과 일정한 연관이 있을 것이다. 백석은 시 「통영」에서

바람맛도 짭짤한 물맛도 짭짤한

전북에 해삼에 도미 가재미의 생선이 좋고
파래에 아개미에 호루기의 젓갈이 좋고

새벽녘의 거리엔 쾅쾅 북이 울고
밤새껏 바다에선 뿡뿡 배가 울고

자다가도 일어나 바다로 가고 싶은 곳이다

라고 그 활달한 풍경을 '쾅쾅 북이 울고' '뿡뿡 배가 운'다고 표현했다. 잠시도 가만있지 않는 포구의 역동적인 움직임들이 '쾅쾅'과 '뿡뿡'이라는 도발적인 의성어에 잘 함축되어 있다. 영민한 서정시인이었던 백석에게 통영의 북적대는 포구 분위기는 하나의 충격으로 다가왔을지도 모르겠다. 백석은 또 다른 시 「통영」에서

통영장 낫대들었다

갓 한닢 쓰고 건시 한접 사고 홍공단 댕기 한감 끊고 술 한
병 받어들고

화륜선 만저보려 선창 갔다

오다 가수내 들어가는 주막 앞에
문둥이 품바타령 듣다가

열이레 달이 올라서
나룻배 타고 판데목 지나간다 간다

라고 노래하고 있다. 짭짤한 갯내음과 전복 해삼 도미 가자미
같은 어패류에 품바타령이 추임새처럼 곁들여지는 포구의 움
직임이 들썩들썩 어깨춤을 일으키게 한다. 또 통영장의 토속
적인 분위기와 장에 나온 사람들의 여유로운 움직임들이 넉넉
한 분위기를 자아내고 있다. 오래전 백석이 포착한 그런 신명
나는 풍경에는 못 미치지만 통영에는 아직 도시가 서둘러 파
묻어버린 삶의 흥과 맛이 있었다.

5.

왔던 길을 거슬러 부산으로 돌아오는 고속도로 위에서 나는 평생을 한자리에 오래 붙박여 있지 못하고 떠돌았던 청마와 백석의 생을 생각했다. 그 떠돌이의 운명은 작은 둥지 하나에 만족하지 못하는 모든 인간에게 주어진 멍에겠지만 스치는 바람의 운명을 타고난 시인에게는 더욱 혹독한 형벌일 수밖에 없었다.

청마의 방랑은 초등학교를 마친 15세 때 일본의 중학교에 진학하기 위해 고향을 뜬 것을 시작으로 19세 때 귀국 부산 동래고보 진학, 20세 때 서울 연희전문 진학, 21세 때 다시 도일 사진학원 다님, 25세 때 평양 이주 몇 달 사진관 경영, 27세 때 부산 화신연쇄점 근무, 30세 때 통영 협성상업학교 고사, 33세 때 만주로 가 하르빈 농장 관리 및 정미소 경영, 38세 때 귀국하여 다시 통영에서 교직에 몸담으면서 41세 때 경남 안의, 43세 때 부산 이주 6 · 25 종군작가 참전, 46세 때 대구, 48세 때 경주, 55세 때 대구, 56세 때 부산경남여고 교장에 부임하면서 부산에 정착하는 것으로 귀결된다. 통영을 떠나 일본과 만주, 경상도의 여러 지역을 떠돈 청마가 돌아온 곳은 부산이었고 거기서 그는 60세가 되던 1967년 2월 불의의 교통사

고로 사망하기까지 말년을 보냈다.

남해고속도로를 달리는 차 안에서 나는 떠돌이의 삶을 타고난 시인의 운명에 대해 다시 생각했다. 청마가 그러했고 백석이 그러했듯이 모든 떠도는 것들의 상처를 짊어지고 부유할 수밖에 없는 시인의 운명에 대해 생각했다. 계속 마음의 행선지를 바꾸어 달지 않으면 안 되는, 계속 저만큼 달아나는 것들의 뒤를 쫓아 같이 흘러가지 않으면 안 되는 시인의 운명에 대해. 그곳이 어디이든지 시인이 편안히 붙박일 곳은 아무 데도 없었을 것이다.

이승에서의 청마의 삶 역시 길 위에서 끝났다. 1967년 2월 13일 저녁의 일이었다. 예총 부산지부장 선출에 따른 불협화음을 의논하기 위해 모인 자리에 청마는 당시 지부장의 자격으로 모임을 주도하고 있었다. 시인 김규태, 소설가 윤정규 등 실무자들을 광복동 에덴다방으로 불러내 이야기를 나눈 후 자리는 자연스럽게 현 동광동 부산데파트 자리에 있었던 단골술집으로 이어졌다. 강직하고 깨끗했던 청마의 성품으로는 그런 잡음이 개운치 않았을 것이고, 선거 뒤처리를 원만하게 마무리할 방안을 찾던 참석자들은 슬슬 술기운이 고조되었을 것이다. 일행은 술자리를 옮겼고 청마는 다음 날 학교일 때문에 지갑을 털어 술값을 내고 먼저 자리에서 일어났다. 당시 사무국장이었던 소설가 윤정규 선생은 그렇게 먼저 일어난 청마

선생을 남포파출소 앞의 버스 정류장까지 배웅해드렸는데 그
것이 마지막이었다. 윤정규 선생은 아침에 일어나 보도를 접
하고서야 청마 선생이 간밤에 운명했다는 것을 알았다고 했
다. 그러면서 안타깝게 그날 주머니를 다 털게 하지 말고 택시
를 태워드렸더라면, 하는 말을 자주 하셨다.

청마는 한 글에서 '나는 시인이 아니어도 좋습니다. 내 글이
문학이 아니어도 좋습니다. 오직 내 글이 인생의 목숨이 희구
하는 바 그 진실이 무엇인가를 찾아 그것을 증거함으로써 족
할 따름이요, 그 증거를 위하여만이 내 글로 값 처질 것입니
다.'라고 했고 시집 『파도야 어쩌란 말이냐』의 자서에서는 '사
랑하는 사람을 사랑함으로써 제가 인간으로서의 완성으로 이
끌린다는 사실은 얼마나 놀라운 우주의 기이하고도 오묘한
섭리겠습니까. 그러므로 여기에서 사랑이란 그 자체의 근원이
사랑하는 사람인 대상이나 그 어느 다른 데 있는 것이 아니라
바로 사랑하는 자신 쪽에 있는 것이며 그의 자신의 내부에서
어쩔 수 없이 우러나는 희구의 발현임에 틀림없을 것입니다.'
라고 했다.

앞의 글은 자신의 문학이 삶의 진실을 찾아가는 도정이라고
말하고 있다는 점에서 청마의 문학관을 함축한 것으로 읽히
고 뒤의 글은 그 긴 도정을 가능하게 하는 열정의 근원을 설명
하고 있다. 여인들을 향한 연서들은 남녀 간에 빚어진 사랑의

결과가 아닌 자신의 내부를 향한 거듭된 질문과 답변이었음을 고백하고 있는 것이다.

교장 재직 시절에 청마는 결재도장을 책상에 놓아두고 알아서 찍어 가게 했다고 한다. 또 어느 맑은 가을날 전체 조례 때 교장 훈시 순서가 되자 구령대에서 높고 청명한 하늘만 바라보다 내려갔다는 일화도 있다. 그럴 때 청마의 모습은 가녀린 풀잎 같기도 하고 아래의 시처럼 강건한 「바위」 같기도 했을 것이다.

내 죽으면 한 개 바위가 되리라.
아예 애련에 물들지 않고
희로에 움직이지 않고
비와 바람에 깎이는 대로
억 년 비정의 緘黙에
안으로만 안으로만 채찍질하여
드디어 생명도 망각하고
흐르는 구름
머언 遠雷
꿈꾸어도 노래하지 않고
두 쪽으로 깨뜨려져도
소리하지 않는 바위가 되리라.

떠밀어도 잘 넘어지지 않는 강건한 바위 같은 청마의 시정신은 한국시 지형에서 독특한 자리를 확보하고 있다. 청마 시의 주조가 그리움이라면 그것은 그리워하는 바위며 대상에 동화되거나 스며들지 않고 꿋꿋이 제자리를 지킨 강건한 그리움이었다. 청마의 심상은 어쩔 수 없이 그 둘 사이에서 흔들리는 존재였을 것인데 어느 날은 바위 쪽으로 어느 날은 그리움 쪽으로 기울어지며 아파했으리라. 그런 시적 노정이 결코 수월치만은 않았을 것이다. 1931년 『문예월간』에 시 「정적」을 발표하며 등단해 1939년 첫 시집 『청마시초』를 내고 1965년 마지막 시집 『파도야 어쩌란 말이냐』에 이르기까지 청마는 생전에 총 천여 편에 이르는 시에 열두 권의 시집을 냈다. 또 세 권의 수상집과 소설과 동요 동시를 발표하기도 했다. 이런 지속적이고 방대한 작품활동을 가능하게 한 것은 인간에 대한 따뜻한 시선이었을 것이다.

운명의 날 저녁 부산진에서 내려 수정동 집으로 가기 위해 봉생병원 앞에서 길을 건너다 청마는 과속으로 달려오던 차에 치였다. 부산대학병원으로 옮겼으나 운명한 뒤였는데 큰 외상은 없었으며 사인은 뇌진탕이었다. 청마의 장례행렬은 영도남여상에서 시청을 거쳐 장지였던 에덴공원으로 이어졌는데 KBS부산방송은 이 과정을 1시간 30분 동안 중계했다. 청마는 시 「거리에서」의 뒷부분에서 '천길 벼랑 끝에 딛고 선 절망의 공허감에 시방 잇발을 갈고 내닫는 차 쇠바퀴에 반드시 두개골을 부딪고 말리라'고 했는데 그렇게 화를 당할 것을 미리 예감했던 것일까.

나는 청마가 화를 당한 그 사고지점 근처에서 오랫동안 서성였다. 봉생병원이 마주 보이는 수정 가로공원 앞이었다. 퇴근길의 차들은 제 속력을 내지 못하고 느릿느릿 움직이고 있었다. 인간 유치환에게 주어진 이승의 시간은 이 지점에서 멈추었지만 시인 청마의 시간은 육신의 죽음과 함께 화사한 꽃을 매달고 째깍째깍 돌아가기 시작했을 것이다. 그동안 짐 지고 왔던 몸을 벗어놓고 시의 날개로 훨훨 갈아입고 말이다. 육신이 유한하기 때문에 육신의 피와 살을 살라 빚은 혼의 시는 무한할 수 있다. 죽음의 처소에서는 몸이 떨구어놓은 살점과 욕망들이 썩어 문드러지고 어느 날 자취도 없이 소멸할 뿐이지만 시의 처소에서는 날마다 다른 부활의 날개가 마련된다. 몇몇 시인들의 자살 속에는 그 길을 앞당기고자 한 욕망이 내재되어 있었으리라.

1993년 부산진역 앞에 조성한 수정 가로공원에는 그 표지판 옆에 청마의 시 「바위」가 나란히 새겨져 있다. 청마시비는 부산만 해도 에덴공원, 동래고, 남여상 등에 있고 경주 불국사 입구, 통영 남망산 공원, 거제 둔덕 방하리, 서울 서초구, 울릉도 등 곳곳에 있다. 그것은 시인으로서의 무게를 입증하는 것이기도 하지만 부초처럼 떠돈 청마의 삶을 입증하는 것이기도 할 것이다.

수정 가로공원 표지석 옆에 새긴 시 「바위」옆에 공중전화 부스가 나란히 서 있었다. 문 닫힌 우체국, 텅 빈 우체통과 전화 부스, 그 옆을 휴대전화를 들고 재빨리 지나가고 있는 젊은 이들, 이것들이 청마 문학기행 뒤끝에 남는 석연찮은 풍경들이었다. 기다림도 없고 그리움도 없어진 시대, 만남의 욕망이 실시간으로 충족되는 이 시대는 과연 행복한가, 하는 질문을 던져 보았다. 행복하지 않을 것이다. 왜냐하면 마음만 먹으면 늘 행복할 수 있으니까.

그런대로 좁은 공간을 아기자기하게 활용해 놓은 쌈지공원의 화단과 돌담을 바라보다가 나는 어둠이 밀려오는 차도 쪽으로 눈길을 돌렸다. 속도가 조금씩 붙기 시작하는 차량들 사이로 초로의 남자가 길을 건너고 있었다. 청마였다. 그날 저녁 후배들을 아직 술자리에 남겨둔 채 청마가 그리 황망히 가로질러 가야 했던 곳이 어디였을까.

청마는 그 나라에 당도하여 지금 우리를 향해 「깃발」을 흔들어대고 있는지도 모른다.

이것은 소리없는 아우성.

저 푸른 해원을 향하여 흔드는
영원한 노스탤지어의 손수건.
순정은 물결 같이 바람에 나부끼고
오로지 맑고 곧은 이념의 푯대 끝에
애수는 백로처럼 날개를 펴다.
아! 누구인가?
이렇게도 슬프고 애닯은 마음을
맨 처음 공중에 달 줄을 안 그는.

신경림, 지금도 새재를
넘어가고 있는 시인

문경새재를 오르는 선생의 걸음은 빠르지도 느리지도 않았다. 줄곧 일행의 선두를 유지하면서도 뒷짐을 진 유유자적한 걸음이었고, 그렇다고 뒤를 따르는 젊은이들에게 뒤지지도 않았다. 산길을 오래 걸어온 노장의 보폭은 흔들림이 없었다.

선생의 시와 삶을 규정하는 여러 가지 수식이 가능하겠지만 나는 선생을 안이 아닌 밖의 시인으로 명명하고 싶다. 동란 이후 오랫동안 우리 시를 지배해온 우울하고 난해한 모더니즘의 장막을 걷고 선생의 시는 세상 가운데로 걸어 나왔다. 전후 이십여 년을 지배해왔던 내면의 미학을 딛고 사람살이가 환하게 투영되는 밖의 시를 열어젖힌 것이다.

그와 같은 세계관은 시인이 감당해야 했던 세월의 격랑과도 무관하지 않다. 등단 후 무명으로 농촌과 공사판과 광산과 장거리와 같은 변두리를 떠돌며 보낸 세월이 10여 년이었다. 비슷한 시기에 등단한 동년배 시인들이 화려하게 필명을 날리고 있을 때 선생은 외로움과 가난을 곱씹으며 변방을 떠돌았다. 선생의 초기 시에 나타난 유장한 가락들은 그렇게 중심에 들지 못하고 떠돈 시적 자아의 번민이기도 하고 그래서 더욱 애잔한 신명으로 겹쳐졌던 민초들의 애한이기도 했을 것이다.

선생은 1956년 『문학예술』을 통해 등단했다. 내가 태어난 해에 시인이 되신 것이다. 반세기 동안 시를 써온 대선배의 그림자를 밟지 않으려고 나는 멀찌감치 따랐다. 텔레비전 드라마 〈태조 왕건〉과 〈태양인 이제마〉 등의 촬영지였던 새재는 그 유명세 때문인지 고개를 넘는 사람들로 줄을 잇고 있었다. 단체로 왔는지 운동복 차림으로 부지런히 걸음을 재촉하는 초등학교 아이들도 보였다.

문경새재의 두 번째 관문인 조곡관을 지나서야 기념사진을 찍기 위해 선생 가까이 다가앉았다. 시든 소설이든 문학에 평생을 투자해보기로 작정은 하고 있었지만 정작 그것을 어떻게 풀어가야 할지 난감해 있던 스무 살 전후, 선생의 시는 훌륭한 교과서였다. 그렇지, 이렇게 써도 시가 되는구나. 아니 이렇게 써야 시가 되는구나, 하는 깨달음을 준 것이 선생의 시였다. 막연한 시의 진로 앞에 주저하고 있던 내게 선생의 시는 뻥 하고 길을 터주었다. 『농무』와 『새재』 같은 선생의 시집에 나는 큰 빚을 졌던 셈이다.

여울물 요란스레 벼랑에 부딪치고
벼랑 끝
그 모롯바위 끝에까지
진달래가 빨갛다.

꾀꼬리가 운다
다시 사월이 왔다고.
오두재 넘는 길 그 오솔길로
아지랑이 가득 안고
다시 사월이 왔다고.

사월은 나루터에서 서성거린다
다리 저는 사공
나룻배 저어 올 때까지.
억새에 파랗게 물이 오르고
불거지 오색으로 몸빛으로 변했는데
바람과 함께 나룻배에 오르면

다시 진달래 피었는데도

이곳은 서러운 땅.
기왓장 벽돌짝 찌그러진 옹기조각
초가집 서너 채
드문드문 엎드린 옛 장터.

주재소 자리 담배밭에서
면소 자리 마늘밭에서
곡괭이를 짚고 서서
괭이를 받치고 앉아
이 고장 사람들
옛날처럼 사월을 맞는다.

누가 알리 그들의 원한을,
누가 말하리 그들의 설움을.

언덕으로 뻗어올라간
탱자나무 울타리
가시 덮인 돌무덤
저것은 도적의 무덤이라
그렇게 배웠지만,
도적의 무덤이라

말하라 배웠지만,
저것은 한 이름없는
젊은이의 무덤.

"1913년 새재에서 싸우다가
원통하게 목잘려
원귀로 객지를 떠돈 지 그 몇 해
이제사 고향땅에 돌아와
잠들다, 병진년에"

— 신경림 장시 「새재」 중 서문

　「새재」는 선생의 두 번째 시집 표제작으로 전 4장의 장편서
사시이다. 새재에서 태어나 친일파 지주에 저항하다 효수당한
한 젊은이의 삶을 노래하고 있다. 가진 자에게 수탈당한 민중
의 삶이 그려지고 있는데 소외된 것들을 향한 선생의 일관된
애정을 잘 보여주는 작품이다. '다리 저는 사공'과 '서러운 땅'
이 잘 드러내고 있는 것처럼 '원한'과 '설움'만이 가득한 빼앗
긴 땅의 현실을 노래하고 있다. 선생의 시에 묘사된 우리 농촌
의 모습은 거의 이렇게 피폐하고 몰락한 모습이다. 「새재」에서
는 나라 잃은 백성이어서 그랬고 「농무」에서는 산업화에 밀려

'비료값도 안 나오는 농사'를 짓는 '답답하고 고달'픈 농투산
이여서 그랬다.

선생의 시론은 그때나 지금이나 크게 변함이 없다. '시는 시
대의 요청에 대한 응답'이라는 입장이다. 새재를 같이 넘어가
고 있는 독자들 앞에서 '시인은 잠수함 속의 토끼'라는 말로
산상 강의의 운을 뗐다. 시인은 당대의 삶과 역사에 대해 민
감한 자이며 그 남다른 반응을 먼저 발언해야 할 책무를 지닌
자이다, 예술성과 사회성을 고루 갖춘 시가 좋은 시라는 믿음
을 선생은 독자들 앞에서 강조했다.

새재를 넘는 한 떼의 사람들이 또 수런거리는 물결을 남기
며 지나갔다. 새재는 경북 문경과 충북 괴산을 잇는 고개로 영
남과 중부 지방의 경계가 된다. 변방에서 중앙으로 나아가기
위해 넘어야 했던 고개였으며 중앙에서 다시 변방으로 내몰
리며 넘던 고개였다. 그런 면에서 새재는 신분상승으로 나아
가는 한 징검다리였다. 문경이라는 지명은 과거급제의 경사를
가장 먼저 전해 듣는 곳이라고 하여 붙여진 지명이고 새재는
새도 단번에 넘기 힘든 고개라고 하여 붙여진 이름이다. 새들
도 몇 번을 쉬어서 넘었듯이 과거 길의 선비들도 몇 번의 낙방
끝에 벼슬길에 올랐을 것이다.

길 위에서 쓰인 밖의 시는 끊임없이 새로운 세상을 갈구하
지만 다음과 같은 회한을 동반하기도 한다.

외진 별정우체국에 무엇인가를 놓고 온 것 같다
어느 삭막한 간이역에 누군가를 버리고 온 것 같다
그래서 나는 문득 일어나 기차를 타고 가서는
눈이 펑펑 쏟아지는 좁은 골목을 서성이고
쓰레기들이 지저분하게 널린 저잣거리도 기웃댄다
놓고 온 것을 찾겠다고

아니, 이미 이 세상에 오기 전 저 세상 끝에
무엇인가를 나는 놓고 왔는지도 모른다
쓸쓸한 나룻가에 누군가를 버리고 왔는지도 모른다
저 세상에 가서도 다시 이 세상에
버리고 간 것을 찾겠다고 헤매고 다닐는지도 모른다

— 신경림 「떠도는 자의 노래」

시집 『뿔』의 첫머리에 실린 이 시에는 지난 시간들을 돌아보
는 시인의 그윽한 눈길이 있다. 길에서 보낸 삶에는 거처가 있
을 수 없고 거처가 없는 삶은 '무엇을 놓고 온 것 같'고 '누군
가를 버리고 온 것 같'은 회한을 동반한다. 그 회한은 안온한
집이 아니라 삭풍이 몰아치는 길을 선택한 자가 감내해야 할

운명 같은 것이다. 그렇게 시인은 한 생애를 바쳐 길 위를 떠돌며 새 길을 열고 낡은 길을 덮는다. 사람들은 시인이 지나간 그 길 위에 보다 견고하고 안락한 자기 집을 짓는다.

언젠가 선생은 한 잡지의 인터뷰에서, 오늘의 나는 어제의 나와 싸우는 과정에 있으며, 오늘의 내 시는 어제의 내 시와 싸우는 과정에 있다고 말한 바 있다. 그것이 시인 된 자가 한평생 감당해야 할 업보라면 업보일 것이다. 시인에게 있어 그 고독한 쟁투야말로 얼마나 유용하고 소중한 힘의 원천일 것인가.

김수영, 황동규,
그리고 뜨겁고 간절했던 시절

다시 읽을 만한 시집을 찾느라 이 방 저 방 흩어져 있는 책들을 한나절 동안 들쑤셨다. 겹겹이 쌓이고 꽂힌 그 시집들은 오랜만에 손길을 주는 내가 못마땅한지 풀풀 먼지를 일으켰다. 그중에는 시인의 이름조차 기억에서 흐릿해진 시집도 있었다. 족히 이삼천 권은 됨직한 그 시집들은 10년이나 20년쯤 그렇게 감옥을 살고 있었다. 자꾸만 쌓이는 책들은 열 몇 평 내 집에서는 더는 어찌할 수 없어 수시로 밖으로 내보내졌는데 그 수가 또 이삼천 권은 되었을 것이다.

어쩌면 다시 읽어줄 만한 주인을 찾아 내 손을 떠난 그 시집들이 행운이었을지도 모르겠다. 오랫동안 눈길 한 번 손길 한 번 받지 못한 이것들에 비해 어딘가로 시집간 그것들은 좋은 주인을 만나 애지중지 사랑을 받으며 여생을 보내고 있을 것이다. 책으로 태어나 가장 큰 행복은 책장이 닳아 너덜거리도록 천수를 다하는 것일 테고 가장 큰 불행은 나 같은 게으른 주인을 만나 책장 한 번 펼쳐 보일 기회도 없이 엎드려 있는 경우일 것이다.

이런 책의 운명을 잘 아는 나는 아무리 하찮게 여겨지는 인쇄물일지라도 고물 취급을 받게 하지 않으려고 애쓴다. 그러나 나의 감시망을 뚫고 그것들은 불시에 내 저지선을 벗어나 대문 밖으로 내팽개쳐진다. 운수 좋게 구사일생으로 생명을 건진 놈들도 있었지만 그렇게 많은 책들이 내 품을 떠났다. 역시 그중에서도 시집과의 결별이 가장 애석하다. 인문학도인 내 아내와 딸과 아들에게까지도 시집이 푸대접을 받고 있으니 그들의 명줄은 내가 지켜줄 수밖에 없다.

이 책 저 책 뒤지며 한두 행씩 읽어 내려가다가 나는 그 각각의 시집들이 몇 오라기씩의 보석들을 예외 없이 다 숨기고 있었다는 사실을 깨닫고 적잖게 놀랐다. 일찍이 내가 그것들을 캐내지 못하고 지나쳐 왔다는 것은 부끄러운 일이지만 그때는 아마 다른 것에 눈이 멀어 있었을 것이다.

한나절의 탐색 끝에 나는 세 권의 시집을 골랐다. 나의 우유부단이 한 권을 집어내는 일을 허락하지 않았고, 지난 청춘을 단 하나의 창으로 추억한다는 일도 내겐 너무 버거운 일이었다. 먼저 손에 잡힌 것이 김수영 시집이었다. 김수영은 중고 시절 이런저런 학생잡지 문예란에 글이 실리는 것으로 자족하던 문학소년기를 갓 벗어난 이십 대 초반의 내게 한 통로를 제시해준 시인이었다. 그전까지 내가 곱씹었던 시인은 김소월과 헤르만 헤세 정도였다.

색이 누렇게 바랜 1977년 판 김수영 시선 『거대한 뿌리』는 책장을 넘기자 퀴퀴한 냄새가 났다. 내 나이 스물두 살 때다. 가끔 나는 내가 5년 전에는, 10년 전에는 뭘 하며 살았을까 하는 생각을 하곤 하는데 대체로 명확한 그림이 떠오르지 않는다. 이런 천부적인 건망증 때문에 나는 아직 부질없이 시나 쓰고 있을 것이다. 내 시를 한 편도 외우지 못하는 암기력 때문에 나는 또 꾸역꾸역 새로운 시를 쓰고 있는 것이다. 그 시간들이 김수영 시선 후반부쯤에 수록되어 있는 시 「거미」와 닮았다.

내가 으스러지게 설움에 몸을 태우는 것은 내가 바라는 것이 있기 때문이다.

그러나 나는 그 으스러진 설움의 풍경마저 싫어진다.

나는 너무나 자주 설움과 입을 맞추었기 때문에
가을바람에 늙어가는 거미처럼 몸이 까맣게 타버렸다.

김수영 시답지 않게 좀 감상적으로 읽히기도 하는 위의 시는 학교 문예반 같은 데는 끼어들 엄두조차 내지 못한 채 혼자 문학 열병을 앓던 나의 십 대와 많이 닮아 있다. 고독과 슬픔 같은 것이 유일한 동무였던 시절에 서러움은 나의 장기요 무기였다. 매사에 서러움을 많이 타고 남이 안 보는 데서 눈물을 찔끔찔끔 짜기도 했던 시절 서러움은 나를 견디게 한 힘이었다. 김수영의 고백대로 그 서러움은 '내가 바라는 것이 있기 때문'에 야기된 아주 특별한 생리 현상이었다.

　남이 서러워하지 않는 일에 서러워하고 있는 나라는 인간은 그래서 남과 차별되는 유별난 존재이기도 했다. 세상이 나를 멸시하고 도태시켜도 견딜 수 있었던 것도 이 허무맹랑한 자존심에서 나왔을 것이다. 그러나 그런 허무맹랑한 자격지심이 어찌 일관되게 작용할 수 있었겠는가. 김수영의 고백대로 나 역시 시시각각 '그 으스러진 설움의 풍경마저 싫어'질 때가 있었고 그 까닭은 당연히 '너무나 자주 설움과 입을 맞추었기 때문'이었을 것이다. 그런 십 대를 지나며 나는 이미 '늙어가는 거미처럼 몸이 까맣게 타버렸다.'

　김수영의 시들을 처음 읽었을 때 나는 막혔던 구멍이 뻥 뚫리는 기분이었는데 그의 시에는 구질구질한 자의식들과의 명쾌한 한판 승부가 있었다. 세상을 달관한 것처럼 무게를 잡지도 않았고 세상의 비의를 혼자 독파한 것처럼 오리무중의 안개를 피우지도 않았다. 신랄하게 제 욕망을 까발리고 있는 김수영은 분명 충격이었다.

'왜 나는 조그마한 일에만 분개하는가'로 시작하는 시 「어느날 고궁을 나오면서」나 '설파제를 먹어도 설사가 막히지 않는다'로 시작하는 시 「설사의 알리바이」 같은 시들은 사대부의 눈높이가 아닌 시정잡배의 눈높이로 시를 끌어내리고 있다. 일정 부분 탈속적이고 해독 못할 선문답 같은 데가 있어야 시라고 생각하던 시절, 그것이 늘 넘을 수 없는 벽으로 작용하던 시절에 나는 먼저 그 벽을 부수고 간 치열한 선각자를 만났던 것이다.

이십 대 초반 김수영 시집과 함께 나를 고무한 또 한 권의 시집은 황동규 시인의 『삼남에 내리는 눈』이었다. 김수영 시집의 초판은 1974년 9월이고 황동규 시집의 초판은 1975년 1월인데 내가 가진 것이 똑같이 1977년 판인 것을 보면 나는 그 두 권을 함께 샀거나 비슷한 시기에 샀을 것이다. 값은 모두 500원으로 붙어 있는데 그 시절 하루 100원을 가지고 도서관 입장료와 입석버스 요금과 리어카에서 팔던 낱담배까지를 해결하던 시절이었으므로 나에겐 어마어마한 거금이었다. 100원을 쪼개고 아껴서 한 달쯤 모으거나 어머니에게 참고서를 산다고 속이고 타낸 돈으로 이 시집들을 샀을 것이다.

『三南에 내리는 눈』의 첫 시는 「十月」인데 '내 사랑하리 시월의 강물을/ 夕陽이 짙어가는 푸른 모래톱'으로 시작하고 있다. 김소월 류의 비탄이 서정의 전부라고 여겼던 문청에게 이 시집은 결 고운 현대적 서정을 깨닫게 했다. 이 시집의 끝에서 두 번째에 수록된 「金洙暎무덤」을 다시 읽는다.

第1葉
나무들이 모두 발을 올린다
지루하고 조용한 가을비
내리며 내리며 저녁의 殘光을
온통 적신다

우산을 잠시 묘비에 세워놓고
젖은 마음을 잠시
땅 위에 뉘어놓고
더 붙들 것이 없어 우리는
빗소리에 몸을 기댔다
등에 등을 대어주는 빗소리

빗소리 속에도 바람이 부는지

풀들이 흔들리는 것이 보인다
나뭇잎들이 흔들리고
가지들이 흔들리고
이 악물고 그대가 흔들리고
마지막으로 다시 풀들이 흔들린다

뿌리 뽑힌 것들은 흔들리지 않는다.

第2葉
서울 近郊의 山이 모두 얼어있다
한편에 밀려 남아있는 그대의 언덕
하늘은 자꾸 어두워가고
아직 남은 말들은 하나씩 힘을 풀고
눈송이로 떨어진다
내려앉은 눈송이들
머리에도 어깨에도 손등에도 마음 위에도
살에서 나를 털어버리고 싶다
그리곤 시린 살만이 남아…… 살의 시린 채찍소리,
휙 휙 四面에서 점점 자라는
눈송이들, 한 송이 두 송이 열 송이 또 열 송이
공중에서 몇 번 멈칫대다

214

하나씩 고개 들고 흰 새가 되어,
아 발톱까지 흰 새들,
자세히 보면 이상한 불도 켜있다
地平線의 작은 한 뼘
나머지는 밟고 있다 온통 얼은 발들이
쉬우리 짧은 금이 지우기 쉬우리
아이들이 외로울 때 무심히 지우리
흰 새들이 불을 끄고 다시
눈송이로 떨어지는 이 언덕.

　김수영이 돌파한 시의 어법을 더욱 치밀한 한글세대의 감각으로 끌어올리고 있는 이 시는 제1엽에서 김수영의 「풀」을 제2엽에서는 「눈」을 변주하고 있는 듯하다. '등에 등을 대어주는 빗소리' '나뭇잎들이 흔들리고/ 가지들이 흔들리고/ 이 악물고 그대가 흔들리고'와 같은 부분과 '살의 시린 채찍소리' '하나씩 고개 들고 흰 새가 되어,/ 아 발톱까지 흰 새들'처럼 비에서 풀로, 풀에서 눈으로 나아가며 고조되는 상승효과가 절묘하다.
　1921년에 태어나 1949년에 작품 활동을 시작한 김수영 시인과 1938년에 태어나 1958년에 등단한 황동규 시인과는 대략 10년 정도의 문단 터울이 진다. 한 세대의 이쪽 저쪽에 선이 두 시인은 직간접의 영향을 주고받은 문단 선후배 사이이기도 했겠지만 극복하고 극복당하는 아름다운 선후배 관계에 놓이기도 했을 것이다. 무릇 큰 시인은 이렇게 태어나는 것이 온당한 이치가 아니겠는가.

최근 시인의 수가 많아지고 화려한 연금술사로 보이는 시인들이 눈에 띄기도 하지만 대체로 단명하고 마는 추세에 있다. 변화한 문화 양식에 큰 이유가 있겠지만 태어나는 것이 아니라 만들어지는 시인들의 생리적 구조에도 한 원인이 있을 것이다. 자기 앞에 가로놓인 벽을 스스로 돌파하고 극복하는 혼돈기를 거치지 않고 온실에서 필요한 영양소만 받아먹고 자란 화초는 낯선 바깥에 발을 들여놓을 수 없다. 낯선 길을 자청하고 그 자청한 길을 다시 부수는 과정이 시의 길이므로.

전국 수십 군데에 이르는 대학 문예창작과와 또 그보다 많은 시설 창작과정의 도제식 교육으로 시인이 양성되는 시대에 큰 시인은 좀처럼 태어나지 않을 것이다. 시인은 그만그만한 모범생이 아니라 독보적 의미의 문제적 인간이어야 하니까.

잘 가라 내 아들
내 딸 고운 이마
명주실 촘촘 부서진 몸 기우며
어미가 주는 마지막 자장가

하늘 바다 이르러 다시 오기 어려우나

부디 잘 가라 내 딸

내 아들 곧은 입술

부릅뜬 눈 고이 감아

몽둥이와 물대포 닿지 못하는

하느님 보호하시는 나라

다시는 부서지지도 눈물도 말고

너희 몸 불꽃 되어 밝히지 않아도 나날이

환하고 밝기만 한 나라로

낭자한 너희 선혈 몸에 두르고

어미가 부르는 마지막 이별 노래

잘 가라 꽃 같이 붉은

내 아들 타는 가슴 내 딸

맑은 목소리

메아리로 이 땅 가득 터울림 되어

너희가 부르던 통일 노래 해방 노래

어미 가슴에 함성으로 쌓이는 날

어미가 부를 해방 노래 통일 노래

너희에게 들리도록 목청껏

부를 노래

다시 오월에 다시 유월에

죽창처럼 꽂혀 되살아나리니
너희는 부디 곱게
곱게 잘 가라.

— 조명숙 「어미가 주는 노래」

한 때, 죽고 싶어
죽으려
발광발광하는 치들
시인이라
믿었습니다

젊어서는 철창 밖
먹이
사슬
씹다
씹다

재갈 물려서는
동굴을 가두며

드디어
성성 백발의 갈기마다 쟁쟁
꽹과리 치며
신새벽으로 오는 치들
시인이라 믿었습니다

그러나, 오늘
이 엄청난 대명천지
사슬과 가시 월계관
우수마발 귀걸이 코걸이일 뿐

하늘은 별을 빛내고
시인은 땅에 묻히고

형님…

— 안성길 「시인과 사슬 -고 신용길 형께」

　앞의 두 시는 먼지를 덮어쓰고 있는 시집들 사이에서 찾아
낸 『민주열사추모시집』에서 고른 것이다. 1991년 6월 부산의
해성출판사에서 엮어낸 이 책을 기획하고 만들면서 참 많이

울었던 기억이 난다. 추모시를 쓴 필자는 강은교, 임수생 시인 등 기성 문인과 김철민, 채유정 등의 대학생을 비롯해 30여 명에 이른다. 책의 뒷부분에는 민주열사 추모일지를 자료로 묶고 있다.

1991년 봄은 시위 도중 백골단에 맞아 죽은 강경대 학생을 시작으로 이 책을 편집하던 5월까지 불과 한 달 동안에 열한 명의 젊은 목숨들이 분신 투신하던 비극의 시간이었다. 1970년 전태일에서부터 1989년 조정식에 이르는 35명의 노동열사와 1975년의 김상진에서부터 1989년의 이내창에 이르는 40명의 학생열사들이 남긴 뜨겁고 서러운 죽음에 이어지는 긴긴 눈물의 행렬이었다.

그 시절 나를 비롯한 몇몇의 젊은 시인에 의해 이 시집이 기획되었는데 지금 읽기에는 좀 팍팍한 감도 없지 않다. 하지만 그렇게라도 우리는 당대가 짐 지운 부채를 조금이나마 내려놓고 싶었을 것이다. 안성길의 시에 나오는 신용길은 전교조 관련 해직교사로 동료 시인이었는데 교육민주화를 위해 투쟁하다 감옥에서 얻은 위궤양이 위암으로 진전되어 1991년 3월에 운명했다.

돌이켜보니 이 분노와 눈물을 너무 서둘러 폐기처분해버린 것은 아닌가 하는 생각이 든다. 가슴이 미어지도록 아팠지만 그렇게 뜨거웠던 시절은 시인에게 오히려 행복이었을 것이다.

그러나 지금 우리는 아무것에도 뜨겁지 않은 것 같다. 이것이 시인에게는 너무나 큰 불행이다.

후기

　지난 삼십여 년 동안 썼던 산문 중에서 시와 관련된 글들을 추리고 정리해 묶었다. 시가 나의 오른팔이었다면 이 산문들은 나의 왼팔이었다. 같이 몸을 놀렸음에도, 밥벌이는 더욱 열심이었음에도 제대로 대우받지 못한 서러움이 컸을 것이다. 미안하고 고맙다. 내 생의 보람과 근심은 절반이 시로부터 왔다. 어지럽게 흩어진 글들을 가려내고 배열해 새 생명을 불어넣어준 산지니 윤은미 편집자의 도움이 컸다.

2019년 봄 최영철

시로부터

초판 1쇄 발행 2019년 4월 25일

지은이 최영철
펴낸이 강수걸
편집장 권경옥
편집 윤은미 이은주 강나래
디자인 권문경 조은비
펴낸곳 산지니
등록 2005년 2월 7일 제333-3370000251002005000001호
주소 부산시 해운대구 수영강변대로 140 BCC 613호
전화 051-504-7070 | 팩스 051-507-7543
홈페이지 www.sanzinibook.com
전자우편 sanzini@sanzinibook.com
블로그 http://sanzinibook.tistory.com

ISBN 978-89-6545-597-4 03810

* 책값은 뒤표지에 있습니다.
* 이 도서의 국립중앙도서관 출판예정도서목록(CIP)은 서지정보유통지원시스템
홈페이지(http://seoji.nl.go.kr)와 국가자료공동목록시스템(http://www.nl.go.kr/
kolisnet)에서 이용하실 수 있습니다.(CIP제어번호: CIP2019013157)